MELISSA

君のことを好きにはなれないと言われたので、白い結婚を続けて離縁を目指します

桜百合

Illustrator
三浦ひらく

この作品はフィクションです。
実際の人物・団体・事件などに一切関係ありません。

君のことを好きにはなれないと言われたので、白い結婚を続けて離縁を目指します

MELISSA

第一章　白い結婚を続けて離縁を目指しましょう

「すまない、私は君のことを好きにはなれないかもしれない」

そう言って私の顔をまじまじと見つめながら深刻そうな顔で話しているのは、オスカー・トーランド公爵令息だ。

今日から私の旦那《だんな》様となったお方。

青く透き通る海のような瞳《ひとみ》に、輝くような金髪は後ろで丁寧《ていねい》にくくられている。

そして顔はまるで彫刻のように彫りが深く、美しい男性だ。

そんな彼にこのような複雑な表情をさせてしまっているのが私、セレーナ・アストリアである。

私はアストリア侯爵家の長女で、つい先ほどオスカー様との式を終えて初夜を迎えようとしていた。

……はずなのだが。

先に身支度を整えて夫婦の寝室で待っていた私は、部屋に入ってきた途端にオスカー様からぶつけられた言葉に瞬《まばた》きする。

「……あの、それはどういう意味でしょうか……？」

「えっ……い、いや、元々今回の結婚は政略的なもので、仕方がないと理解はしていたのだが……」

「……だが？」

私たちの間に苦しいほどの沈黙が走る。

私の方からはとてもではないが何かを話す雰囲気《ふんいき》ではないため、ひたすらに相手が口を開くのを待った。

果たしてどのくらいの間、沈黙が続いていただろうか。

ようやくオスカー様はしどろもどろになりながらこう告げた。

「いや、その……君の見た目が……だな」

「は？　見た目が？」

思いもよらぬ発言に、思わず気が抜けたような声が出てしまった。

自分が絶世の美女ではないことくらいわかっている。だがまさかそれが原因で結婚生活がうまくいかなくなるほど、私の見た目が醜いものであったとは予想もしていなかった。

「ご結婚の前に、私の姿絵をご覧にはなっていないのですか？　トーランドのお屋敷へ届けさせたはずです」

「ああ……確か届いていたはずだ。だがどうせ私に決定権などなく結婚するしかないのだと思っていたから、見る必要はないと思っていて……」

「はあ……」

それはあまりに勝手ではないだろうか。

そして本人にありのままを伝える無神経さにも腹が立ってくる。

「教えてくださいませ。私のどこがお気に召さないのでしょうか」

激しいショックとともに、心の中でははらわたが煮えくり返りそうになっていたが、必死に抑えつつ私は努めて冷静にそう尋ねた。

「いやっ……君のその髪の色が……」

「黒髪はお嫌いですか」

私の髪はオスカー様とは対照的な黒髪である。

アストリア侯爵家では稀《まれ》に私のような黒髪を持つ者が誕生するのだとか。

父や母、そして兄はダークブラウンの髪色なので私だけ異質に見えるだろう。

だが先祖を辿《たど》れば私のような髪色の者は複数存在しており、一番身近なところでは父方の祖父が黒髪を持っていたらしい。

「嫌いだなんて、そんな酷《ひど》いことを言うつもりはないよ」

「似たようなことを先ほどおっしゃったではありませんか」

「いや……確かに私は透き通るような髪色の女性に惹《ひ》かれるが……」

──あなたの好みなど聞いておりません。

「そうですか……」

「身の周りに黒髪の女性もいなかったものだから……」

それを私に言って、一体どうするつもりなのだろうか。髪の色を変えろとでも？

目の前にいる女は、決して透き通ることのない黒髪なのだ。

「それから？　あとはどこがお気に召しませんか？」

もうどうにでもなれと投げやりな気持ちで再びオスカー様に問うと、一瞬彼は気まずそうな表情を浮かべてからこう告げた。

「……気に入らないとかそういうつもりではないのだが……私の周りには儚《はかな》げな女性が多かったものだから……」

「つまり何をおっしゃいたいのですか？」

「いや……君はその……」

「消えてなくなるような儚げな女ではないと？　そうおっしゃいたいのですか？」

「……まあ端的に言えばそういうことになる……のだろうか」

――端的におっしゃらなくても、そうとしか聞こえませんけどね。

確かに私の眉《まゆ》はどちらかというと吊《つ》り気味で、はっきりとした顔立ちのせいか怒っていると勘違いされることもある。

つまり私は気が強そうで、女性らしさが足りないと言いたいのだろうか。

「オスカー様には、どなたかお慕いしている女性がいらっしゃるのですか？」

ここまで具体的な話が出てくるのであれば、恐らく彼には想い人がいるのだろう。

別にそれは構わないが、こちらを巻き込むなと言ってやりたい。

私とて、自ら希望してオスカー様の元へ嫁いだわけではないのだから。

「慕っている……というのかはわからないが……いることにはいる。だが叶《かな》うはずのない想いだ」

「失礼ですがどちらのご令嬢で？」

「……エリーゼ王太子妃殿下だ」

なんと。エリーゼ王太子妃殿下……元ミュート公爵令嬢のご実家は、オスカー様のご実家であるトーランド公爵家と並ぶ名門貴族だ。

先ほど彼が話していたように、透き通るような白銀の髪に真っ白な肌で、儚げな雰囲気を纏《まと》う女性であった。

何度か舞踏会でお見かけしたことがあるので、間違いないだろう。

「あの、大変失礼ながら……それはさすがに身の程知らずの想いでは……？」

相手は王太子妃。この国で二番目に権力を持つ男性の妻なのだ。

王太子を相手に敵《かな》う貴族男性などどこにもいない。

「うるさい、そのようなことはわかっている。さっきも言っただろう。だから私は彼女を遠くから見つめ、王太子ご夫妻の幸せを願うだけで満足なのだ」

「……それは健気《けなげ》なことで何よりですわね」

「だが周りはそれでは納得しない。トーランド公爵の跡取りは私だけだ。私が世継ぎを残さなければ、トーランド公爵家が絶えてしまう……」

「それで苦渋の決断で結婚をお決めになったら、全く好みではない女が相手で困っているというわけですか」

この時には既にオスカー様に対して苛々《いらいら》としすぎたせいか、もはや何もかもどうでもいいと思い始めていた。

むしろ結婚を取りやめて離縁したい。

本人に面と向かってその容姿が気に入らないと言い、他《ほか》の女性を想い続ける男と結婚したい女性がどこにいるだろうか。

もちろん貴族の中で恋愛沙汰《ざた》は日常茶飯事《さはんじ》。

愛人を囲うことなど当たり前の世界であり、私とてオスカー様が他所《よそ》で愛人を作ろうと反対することはない。

だがそれは私という正妻を立てることが前提である。

あくまで優先すべきは妻である私。

愛人は時折、心の寂しさを埋める程度の存在であればいいのだ。

しかしオスカー様はエリーゼ様に恋心を抱《いだ》いている。

加えて、妻である私の見た目は気に入らぬ様子。

たとえ彼の気持ちが叶うことのない願いでも、死ぬまでエリーゼ様と比べられながら生きていく生活には耐えられない。

私にだって、それなりにプライドはあるのだ。

「それで？　オスカー様はどうなさりたいのですか」

「私はエリーゼ様とどうこうなりたいと思ったことは、一度もないのだ。身の程知らずだということも、重々承知しているからな。それに私の代でトーランド公爵家が根絶やしになってしまうのも困る。だから致し方ないが、君とは今日初夜を……」

「ならばやめましょう」

「えっ？」

「私のことがお嫌なら、無理に初夜をしてくださらなくても結構です」

「いや、でもしかしこの結婚は家同士の約束でそういうわけには……」

どういうわけか、途端にオスカー様の表情に先ほどとは別の戸惑いが生まれた。

だがそんなこと今の私にはどうだっていいのだ。

「この国では離縁を簡単には認めてもらえません。ですが白い結婚が一年続けば、国から離縁の許可をもらうことができます。せめてそれまで辛抱してくださいませ」

「いや、だがしかし……」

「それに」

「……それに？」

肝心なところで口を閉ざした私に、オスカー様はその先を促す。

言おうか言うまいか迷ったが、彼もかなりの酷い事実を私に突きつけた。

やり返して差し上げても何も問題はないだろう。

「私もあなたのようなお方は好きではないので」

「そうか。……って、はあ!?」

オスカー様は魚のように口をパクパクと動かして、声も出ない様子だ。

先ほどまでの勢いはどこへ行ったのやら。

「私、あなたのような金髪碧眼《へきがん》の男性は苦手なのです。それに、細身のお方も」

「な、な、なな、何だって!?」

「私は男らしい方が好きなのですわ。そうですね、騎士団長のサマン様のような。あなたのような女性らしく美しい男性は、こちらもお断りです」

サマン様はこの国の騎士団長で、シード公爵家の嫡男だ。

侯爵令嬢であった頃《ころ》に、一度だけお話しした時のことを思い出す。

私と同じ黒髪に燃えるような赤い瞳が印象的で、騎士団長というだけあって全身を覆う筋肉が美しい。

そして何より女性に対して浮いた話など一つもない誠実さも大層魅力的だと、令嬢たちの間では人気の男性なのだ。

「な、なぜそこでサマンの名が!?」

サマン様のお名前を口に出した途端、再びなぜかオスカー様が狼狽《うろた》える。

「別に深い意味はありません。例えで名前をお借りしただけですわ」

「そ、そうなのか……」

「いいですか？　私とて、好きでこの公爵家に嫁いできたわけではありませんわ。あなたのご両親に頭を下げられたから、うちの父と母も仕方なくお受けしたのです。そのことをお忘れでしたの？」

「いや……」

トーランド公爵家は、数代前にかつての王女が降嫁したことが始まりの名門貴族である。

一族からは多くの有力者を輩出しており、歴代の宰相などもトーランド出身の者が多いのだ。

そんなトーランド公爵家ではあるが、王家は一貴族が力を蓄えることを嫌うものである。

本来トーランド公爵家ほどの家柄ならば、隣国の姫君などを妻に迎えることも可能であった。

しかしこれ以上公爵家が力を強めることを国王は良くは思わないだろう。

出すぎた杭《くい》は打たれるのが定め。

となると、オスカー様の妻となる女性はトーランド公爵家よりも格下でなければならない。

だが公爵家の妻ともなれば、必要最低限の教養どころかかなり高度な知識が求められる。

そして社交界で果たす役割も大きい。

つまり、男爵や子爵程度の令嬢ではだめなのだ。

そこで白羽の矢が立ったのが我が実家、アストリア侯爵家である。

当時侯爵家でオスカー様と釣り合いの取れる年頃の令嬢は少なく。

またその中でも、将来の公爵夫人に必要なレベルまでの教育を終えた令嬢は、私しかいなかった。

こうしてトーランド公爵夫妻から、切実な思いがしたためられた手紙が届けられたのである。

当時オスカー様は二十五歳で、独身かつ婚約者のいない貴族男性の中では比較的高齢の部類に属していた。

かたや私は彼より五歳年下の二十歳。こちらも独身貴族令嬢の中では行き遅れの部類に入るだろう。

結婚にさほど興味を持てなかったため積極的に舞踏会に参加することのなかった私は、婚活市場から完全に出遅れたのだ。


トーランド公爵家から一足先に届けられたオスカー様の姿絵を見て、私は思いの外《ほか》ときめきを感じてしまった。

姿絵に描かれたオスカー様はそれは麗《うるわ》しく貴公子のようであったのだが、どことなく翳《かげ》りを纏い寂しげな表情を浮かべていたことを覚えている。

私の好みは本来騎士団長のサマン様のような男らしい人であって、先ほどオスカー様に話したことは嘘《うそ》ではない。

本来であればその姿に惹かれることなどないはずなのだ。

だがなぜか私は姿絵のオスカー様に興味を持ってしまった。

寂しげな瞳に何か思うところがあったのだろうか。

漠然とこのお方に嫁ぎ子を産んで、公爵家を支えていきたいと思った。

どんな苦労も彼と共に乗り越えていきたいと。

そう。あれほど政略結婚であることを主張しておきながら、本音を言えば私はオスカー様に惹かれていたのだ。

「大体、婚約が決まってから一度もお会いしていませんよね？　いつも忙しい忙しいとそればかりで」

「なっ……仕方ないだろう、本当に忙しかったのだから。近頃領地の治安は悪化しているし、先日の水害のせいで領内での農産物の収穫量も大幅に減ってしまった。視察に出向き対策を練るなどしているうちに、あっという間に時間が経《た》ってしまったのだ」

「たとえそれが事実だとしても、せめて結婚式の前までに一度でもお会いしていれば、容姿の問題も事前に解決していたでしょうね。そもそも、婚約者とたった一度すら会うことができないほどの激務だとは思いませんわ。どうせエリーゼ様のことで頭がいっぱいで、それどころではなかったのでしょう？」

「君は何を言うのか！　そのようなことはない！」

まさかあれほど覚悟を決めて嫁いだ相手が、こんなに情けない男性だとは思いもしなかった。

初対面の妻の容姿を馬鹿《ばか》にするような発言、挙句《あげく》の果てに想い人までいるという。

しかも浮気ではなく、本気であるから余計に厄介《やっかい》だ。

こんな男性を父に持つ子どもがかわいそうだとさえ思ってしまう。

それならば初夜など迎えず、取り返しのつかなくなる前に、白い結婚のまま離縁した方がいい。

残りの人生をオスカー様に都合良く使われるのは勘弁だ。

「というわけですので、これから一年間はこちらのお屋敷に住まわせてもらいます。ご迷惑かもしれませんが離縁までの辛抱ですので、お許しくださいませ」

「り、離縁!?　ちょっと待て、先ほどの発言は本気なのか!?」

「当たり前ですわ。違うご令嬢とご結婚なさった方がお互いのためです」

なぜか顔面を蒼白《そうはく》にさせて、パクパクと口を動かしたままのオスカー様は、なんとも間抜け顔だ。

せっかくの美男子もこれでは台無しである。

「もしも私との間に生まれた子が黒髪の女の子であったならば、どうなさるおつもりですか？　まさか我が子に、先ほどのような台詞《セリフ》はおっしゃいませんよね？　生まれる子があまりに不憫《ふびん》です」

「なっ……そのような!?　さすがの私とて、血を分けた我が子にそのようなことを言うわけがないだろう！」

「では血を分けていない私には、何を言ってもいいと？」

「それは屁理屈《へりくつ》だ！　そんなことは一言も言っていない！」

もう何を言っても堂々巡りだ。

今日は朝早くから結婚式やら祝いの食事会やらに追われて、疲れている。

誰《だれ》一人知らない公爵家へ、不安な気持ちを抱えたまま嫁いできたのだ。

初夜からこんな言い争いをする気力などもはや残ってはいない。

先ほどまでのすん……とした冷静なお顔が嘘のように、怒りと興奮で真っ赤になっているオスカー様を、私は冷めた目で見つめた。

「一年経って離縁した後に、どうぞお好きな令嬢と再婚なさいませ。銀髪でも金髪でも、あなた様の見た目とお家柄なら選び放題ですわ」

「だがっ……君も知っているだろう？　我が公爵家と縁続きになることのできる貴族は少ないのだ！」

「もちろん存じておりますわよ？　だからこそ私が嫁ぐことになったのですから」

「ならば私の言わんとしていることはわかるよな？　君と離縁すれば、私は再婚することは難しい」

つくづく最後まで呆《あき》れたお人である。

男としてのプライドはないのだろうか。

「それほどまでに貴重な存在の私に、よくもまあ先ほどのような失礼な発言の数々を……」

「……それはすまない。謝罪させてもらおう」

意外にもすんなりと謝罪の言葉が出てきたことに私は内心驚くが、オスカー様が私の容姿を気に入らないこと、エリーゼ様にただならぬ思いを抱いていることは変わらない。

「もういいのです」

「……と、いうことは？」

「謝罪していただいても、何一つ事実は変わりませんから。トーランド公爵夫妻には事情をお話しすればわかっていただけると思います。そうすれば男爵令嬢や子爵令嬢と婚姻を結ぶことも可能でしょう。さすがに一人くらいはあなたのお眼鏡《めがね》に適《かな》う女性もいるかと。ああ、次は事前に姿絵をご覧になることを忘れないでくださいね」

私は一気にそう捲《まく》し立てた。

緊張と不安と喋《しゃべ》りすぎで、喉はカラカラに渇《かわ》いている。

「セレーナ……君は……」

オスカー様は何か言いかけているが、次の言葉が出てこないらしい。

私はこれまで寝台の上に腰掛けオスカー様と向かい合っていたが、彼の言葉の続きを待たずにそっと下りて立ち上がると背を向けた。

本来ならば夫に背を向けるなど、公爵令息夫人としてあるまじき行為なのだが。

もはやそんなことなどどうでもいい。

「寝室を共にすれば、白い結婚の信憑性《しんぴょうせい》が失われます。ですから本日より寝室は別々にいたしましょう。それから、公爵令息夫人としての最低限の社交はおこないますが、それだけです。必要以上に仲良くなる必要もありませんし、食事なども別々でとりたいのですが。よろしいですね？」

「一年とはいえ一応は夫婦だ。食事まで別々というのはさすがに……」

「離縁の理由は考え方の相違ということにしておきましょう。慰謝料もいりませんわ。ただ私を解放してくだされば、それでいいのです」

「セレーナ、しかしっ……」

「では、これにて失礼いたします。お目汚し大変申し訳ございませんでした。おやすみなさいませ」

後ろで何やら慌てる声が聞こえたが、一切聞こえぬふりをして私はそのまま夫婦の寝室を出た。

本来初夜の真っ最中で部屋から出てくるはずのない花嫁の姿に、入り口で控えていた侍女や護衛がギョッとしたような表情を向ける。

しかし私はそれを無視して自分の部屋へと歩みを進めた。

「若奥様……オスカー様が何か粗相をいたしましたでしょうか？　申し訳ございません」

事態を察知した侍女長と思われる中年の女性が私を追いかけ、表情を窺《うかが》うように頭を下げる。

「いいえ。いいのです。オスカー様は私のことがお気に召さなかったご様子。これ以上の失礼がないように、私は今日からこちらの自分の部屋で休むことにするわ」

「ですが若奥様……」

侍女長は悲痛そうな面持《おもも》ちを浮かべているが、もう私には関係ない。

彼の中で他にお慕いしている女性がいる以上、私たちの仲がこれ以上深まることなどないのだ。

その事実を屋敷の者たちが目の当たりにするのは、一体いつになるだろうか。

長い廊下をひたすら歩き続けようやく自分の部屋へと辿り着くと、すぐに人払いをする。

そして着心地の悪かった露出の多い寝間着を脱ぎ捨てて、締め付けの少ないワンピースタイプの寝間着に着替えると、寝台に飛び込むように横たわった。

上を見れば実家とは違う模様の天井が目に入る。

すると気が緩んだのか、目の奥がツンとして涙が出てきてしまった。

いくら政略結婚だとはいえ、さすがの私もショックを受けた。

容姿を否定されるとは思ってもいなかったし、ここまで惨《みじ》めな思いをするなんて……。

思いの外、傷ついた心が悲鳴を上げている。

一度でもオスカー様に心が揺れてしまったあの時の自分を恨みたい。

ああ、結婚などしなければよかった。

――お父様やお母様は、なんとおっしゃるかしら。

父と母は、格式高い公爵家へ嫁ぐ私のことを誰よりも案じていた。

何か辛《つら》いことがあったらすぐに知らせるようにとも言われている。

だが嫁いで早々、このような事態に見舞われているとは思いもしないはずだ。

結婚式で涙ぐみながら送り出してくれた両親のことを思うと、胸が締め付けられるように苦しくなる。

ましてや私自身の容姿も原因であるとなると、必要以上に両親が責任を感じてしまうのではないかと不安だ。

色々と考えた末、すぐに両親には知らせないことに決めた。

半年ほど経った頃に改めて手紙で伝えるのが一番いいと考えたからだ。

――実家に戻ったら、出戻り娘でも許してくださるお方の元へ嫁ごう。

後妻でもなんでも構わない。相手の見た目も二の次だ。

ただせめて、私と夫婦になることを前向きに考えてくれる相手の元へ嫁ぎたい。

そんなことを考えているうちにどっと疲れが出たのか、私は知らず知らずのうちに目を閉じて眠りに落ちていたのであった。

「若奥様……」

「あら、ごめんなさい私ったら。こんな時間まで眠ってしまっていたのね」

目を覚ますとあたりはすっかり明るくなっていた。

声をかけてきた侍女のいる方に目を向けると、昨夜の中年の侍女の他にもう一人若い侍女が控えていることに気づく。

「昨夜も既にお目にかかりましたが……このお屋敷で侍女長をしております、アンナと申します。ご挨拶《あいさつ》が遅くなり、申し訳ございません」

アンナと名乗った侍女が頭を下げた。

少し白髪の交じった茶色の髪に、キリリと意志の強そうな瞳。

さすがは侍女長といった貫禄《かんろく》である。

「アンナ、こちらこそよろしくお願いね」

「それからこちらに控えておりますのが、若奥様付きとなりますベルと申します」

ベルと紹介された侍女は歳《とし》若く、私とも話が合いそうだ。

ふわふわとした薄茶色の癖毛をポニーテールにしているのがよく似合っているな、なんてとぼけたことを考えていると、早速《さっそく》ベルが口を開いた。

「初めまして若奥様。精一杯務めさせていただきますので、何なりとお申し付けくださいませ」

「もう少し砕けた話し方で大丈夫よ、ベル」

「ですが……」

「お願い、ここには誰も知り合いがいないでしょう？　話し相手が欲しいと思っていたところなの」

ベルはちらりと後ろに立つアンナの方を見ると、彼女が頷《うなず》くのを確認した。

恐らく上司であるアンナの許可が必要だと思ったのだろう。

アンナの反応を確かめると、ベルはぎこちなく微笑《ほほえ》んだ。

「それでは、お言葉に甘えて……」

「ありがとう！　これからよろしくお願いね、ベル」

嬉《うれ》しくなって、私はつい大きな声を出してしまったことに気づいた。

――いけない、ここはもう実家ではないのだ。よりにもよって公爵家でなんてことを……。

今の私は公爵令息夫人である。

何があろうと使用人たちの前で羽目を外すような姿を見せるわけにはいかない。

そこで私は何事もなかったかのように、口元を手で覆ってこう告げた。

「あら……ごめんなさいね、失礼しました」

「お気になさらずに。昨夜はお元気がなさそうでしたので、少し安心いたしました」

「ああ……そうね。そうだったわね……」

アンナの言葉で、少しだけ忘れかけていた昨夜の苦い思い出がはっきりと蘇《よみがえ》ってしまった。

一晩経ったことでその衝撃は少し緩和されているものの、傷が癒《い》えたというには程遠い。

「若奥様……昨夜はオスカー様が大変失礼な振る舞いを……私からも、謝罪させていただきたく……」

「あなたのせいではないし、あなたが謝る必要もないわ。あれはオスカー様の問題よ」

「ですが……」

「オスカー様には、他にお慕いしている方がいらっしゃるようなの。あなた方はご存知？」

すると意外にもアンナとベルの目は丸く見開かれる。

侍女たちは知らなかったということなのか。

「まさか、そのようなこと……」

アンナは明らかに動揺した様子で、眉間《みけん》に皺《しわ》を寄せながら首を振った。

「それが残念なことに本当なのよ。昨夜オスカー様が自らそうおっしゃっていたわ。ですから、私はオスカー様との間に子をもうけるつもりはありません。このままでは生まれてくる子が不憫でしょう？」

「っ……若奥様、それだけはどうかご勘弁を……。トーランド公爵家の跡継ぎは何としても必要なのでございます……。ご無礼を承知の上です、どうか……」

まるで土下座でもする勢いでアンナが頭を下げており、その隣でベルがどうしたものかと不安げに瞳を揺らしている。

わかっている。アンナの言うことは正しい。

貴族令嬢として育ってきたのだ。

たかが夫の想い人の一人くらい、とでも言いたいのだろう。

だが私にはそれが許せない。

「頭を上げてちょうだいアンナ。申し訳ないけれど、私にはその大任をこなすことができなさそうだわ。オスカー様はね、私の他に好きな方がいるだけじゃないの。そもそも私の見た目が気に入らないご様子よ」

「……若奥様のお姿が、ですか？」

二人はまるで信じられない、といった表情で私の顔をまじまじと見つめる。

「いいのよ、別に気を遣わなくても」

「いえっ……！　決してそのようなことはございません！」

そう話す彼女たちの表情に嘘は見られないことが救いだろうか。

昨夜オスカー様に見た目を否定されたことで自信を失いかけていたが、さほど悲観するほどではないのかもしれないと思い始める。

これならば離縁した後、後妻に引き取ってくれる貴族も出てくるかもしれない。

「オスカー様は恐らく……恋と憧れを勘違いされているのかもしれません」

すると、アンナが恐る恐る口を開いた。

「憧れ？」

「はい……。恐らく若奥様がおっしゃるオスカー様の想い人というお方は、王太子妃エリーゼ様でございましょうか？」

「ええ、さすがね。まさにその通りよ」

「エリーゼ様はオスカー様の六歳年上で、お二人は幼馴染《おさななじみ》の姉弟のような関係でございました」

「あら、そうなのね」

年上の女性に恋心を抱くというのは、よくある話だ。

アンナの話を聞いても私はさほど驚きはしない。

実家が公爵家同士ならば幼馴染であることも納得である。

「幼い頃のオスカー様はお身体《からだ》も小さく、病弱であられました。他の貴族のご子息にいじめられてしまわれることも多々ありまして……そんなオスカー様をいじめっ子たちから守ってくださったのが、エリーゼ様なのです」

「なるほどね……」

エリーゼ様はオスカー様の恩人ということか。

「エリーゼ様は既に王太子殿下との婚約が決定しておりましたし、オスカー様との間に疑わしい関係は一切ございません。ですがそれ以来オスカー様はエリーゼ様に憧れておいでした。彼女のように強く美しくなりたい、といつもおっしゃっていて……」

「……その憧れを恋と勘違いしていると？　さすがのオスカー様も、それはないと思うわ」

オスカー様は今年で二十六だ。

さすがに子どもではないのだから、憧れと恋の違いくらいわかるだろう。

昨夜の彼の様子を思い出してみても、単なる憧れにしては気持ちが重すぎる。

「その……こう言ってはなんですが……オスカー様は、かなりそちらの方は鈍いのです。オスカー様にはエリーゼ様とどうこうなさるおつもりは一切無いということだけ、ご理解してくださいませ……」

相変わらずアンナは沈痛な面持ちで頭を下げている。

そちらの方とは一体何なのだろうかと疑問に思ったが、もはやどうでもよくなった私はアンナの話を適当に流すことにした。

「それはとりあえずわかったからもういいわ。でも私の見た目が好みでない件に関しては、どうすることもできないでしょう」

「失礼ながら若奥様……オスカー様は、あまり女性と関わった経験がございません。公爵夫人であるお母上か、エリーゼ様くらいなのです。ですから、女性への接し方に慣れていらっしゃらないのかもしれません……」

嫁いだ相手が女性に慣れていないなど、こちらの知ったことではない。

「それはもう私にはお手上げね」

「これから先も、何かと若奥様に誤解を与えてしまわれるようなことがあるかもしれませんが……。どうか、どうかオスカー様を見捨てないでくださいませ。よろしくお願いいたします」

アンナはそれだけ告げると、最後まで頭を深く下げ続けたまま退出していった。

「あの、若奥様……」

残されたもう一人の侍女ベルが、恐る恐る口を開く。

「今日は少し時間も遅いですし、朝と昼の食事を兼ねて用意させてありますが、よろしいでしょうか？」

「まあ、ありがとう助かるわ。気を遣わせてしまってごめんなさいね」

「それと……その……オスカー様から今日の夕食を一緒にどうか、との言付けをいただいておりますが、いかがいたしますか？」

——一体なぜ？

あれほど日常生活は別々にさせてもらうとはっきり宣言したというのに、オスカー様には伝わっていなかったのだろうか。

昨日の今日でまだ傷も癒えていないうちに、再び彼の顔など見たくもない。

好きではないと言われた黒髪でオスカー様の前に出ていくことは憚《はばか》られるし、食事の間の会話も続くとは思えない。

どうせまたよくわからないことを言われて、嫌な気分になるだけだ。

私は夫の誘いを断ることにした。

「私のことはどうかお気遣いなく、とだけ伝えてもらえるかしら？　ごめんなさいね、あなたに面倒な役目を任せてしまって」

「いえ……若奥様は悪くありませんから」

「それから、その若奥様って呼び方もなんだか落ち着かなくて……。セレーナ様ではだめかしら？」

昨夜オスカー様との初夜を終えていない私は、公爵令息夫人としての自覚もまだ乏しい。

するとベルは困った顔をしてこう告げた。

「さすがにトーランドのお屋敷の中で、そのようにお呼びすることは難しいかと……。公爵夫妻や他の使用人たちの手前もありますので」

「そう、そこは我慢するしかないのね……。わかったわ」

オスカー様のご両親であるトーランド公爵夫妻は、私たちの住む屋敷と別邸を行き来するような形で生活している。

結婚式の時に顔を合わせたが、またしばらくは別邸で過ごすのだとか。

公爵夫妻がこちらに戻ってきている間だけは、オスカー様と夫婦のふりをするほかないだろう。

「本当に、一年って長いわね……」

先が思いやられるとため息をつく私を、ベルはなんとも言えない複雑な表情で見つめていた。


トーランド公爵家に嫁いでから早くも二週間が経ち。

その間私とオスカー様が顔を合わせることはほとんどなかった。

屋敷の中でばったり鉢合わせすることもあったが、軽く会釈をして挨拶するのみ。

顔を合わせるたびにオスカー様は何か言いたげな表情を浮かべるが、私はひたすらに気づかないふりをして通り過ぎる。

公爵令息夫妻は新婚早々仲違《なかたが》いでもしているのかと、護衛や使用人たちにも怪訝《けげん》な表情を浮かべられているだろう。

そんなある日のこと。

私はいつものように自分の部屋で一人本を読んでいた。

すると唐突に部屋のドアがノックされ、こちらが返事をするまでもなくガチャリと開けられたのだ。

「……入っていいとは言っておりませんが」

ドアの方を見なくとも、こんな入り方をするのは誰であるか予想するのは容易《たやす》いことだ。

ちらと入り口の方へと目をやると、そこには予想通りの人物の姿があった。

「……一応ノックはした。それに夫が妻の部屋に入るのに何の許可がいるというのか」

「あら、私はあなたの妻なのですか？　知りませんでしたわ」

「っ……当たり前だろう！　君は正式な私の妻だ」

「ああ……まあ確かに一年間はそうでございましたわね」

オスカー様は僅《わず》かに眉を顰《ひそ》めながらこちらへつかつかと歩み寄ると、有無を言わさず私が腰掛けているソファの向かい側の椅子《いす》へと腰を下ろした。

「それで？　ご用件はなんでしょうか」

さっさと必要事項を話したら出ていってほしい。

そんな私の考えが伝わったのか、彼はおどおどしながら口を開く。

「……その、なんだ……せめてもう少しだけでも、夫婦として歩み寄ろうという気はないのか？　使用人や護衛たちも戸惑っているではないか」

「夫婦としての関わりは最低限にすると、あの晩にお話ししたではありませんか。あなたもそれで納得されたはずですわ」

「私は一言も納得したとは言っていないぞ。初夜の件だって……」

この期《ご》に及んで初夜だけは済ませようと考えているオスカー様の気が知れない。

「よくもまあ、見た目が好きではない女を抱く気になれますのね。男性なら皆そうなのですか？　確かに、トーランド公爵家のためなら何でもやるという心意気は素晴らしいですけれども」

「いや、だから……あの晩のことは……」

「あの晩のこと？　なんですか？」

「……いや、もういい。本題へ移るとしよう」

オスカー様は美しい顔を歪《ゆが》めると、眉間に手を当てて目を閉じた。

どんな表情をしていても美しいというのは、羨《うらや》ましくもあり憎たらしくもある。

――なんでこうなるのかしら。なぜ私はたったの一年が我慢できないの？

どうしても初夜の記憶が蘇り、彼に対して素直な態度を取ることができない。

あまりにも素っ気ない態度を取り続けてしまう自分に呆れてしまう。

たった一年。たった一年で離縁するのだ。

それまでの間くらい公爵令息夫人として、気持ちを割り切りその場限り仲睦《なかむつ》まじく過ごすことはできないのかとも思う。

だが実際オスカー様を前にすると、エリーゼ様のことや私の容姿のことを思い出してしまって、結局何も変わることはできていないのだ。

「君には舞踏会に参加してもらいたい」

「舞踏会……ですか？　どなたと参加するのです？」

予想外の言葉に、私はきょとんとしてしまう。

そんな私の姿を見て、オスカー様はみるみるうちに顔を真っ赤にさせながら大声で叫んだ。

「もちろん私と参加するに決まっているだろう！　他に誰がいるんだ！　君は本当に何を言い出すのかまったく……」

その後もブツブツと文句を言うオスカー様の表情は不満げだ。

――ああ、面倒なことになってしまったわ。

公爵令息夫妻として舞踏会に参加しなければならない時が来るとは覚悟していたが、まさかここまで早くその時が訪れるとは思いもしていなかった。

「結婚してから二人で出席する初めての公《おおやけ》の場となる。国中の高位貴族たちが招待される盛大な舞踏会になるだろう。正式に夫婦となった私たちの関係を披露する機会だと考えてもらって構わない」

「……私たちの関係とは、この冷え切った仲のことでございますか？」

「なっ！　そんなわけがあるはずないだろう！　私たちが二人並ぶ姿を、という意味だ！　さっきから君は意味がわからないことばかり……」

「そのようなことはわざわざあなたがお伝えにならなくとも、アンナあたりに言伝《ことづて》を頼めばいいものを。どうせ私は、あなたの命令をお断りすることなどできないのですし」

「……ないかと思って……」

ごにょごにょと何か呟《つぶや》いているようだが、全く聞こえない。

「え？　聞こえませんわ」

「だから！　何か、必要なものはないかと思ってだなっ……ドレスやらアクセサリーやら、必要なものを揃《そろ》えたい！」

どうやら興奮するとだんだん声が大きくなるらしいオスカー様のせいで、耳がキーンと痛くなって気が遠くなる。

「耳の近くで大声を出さないでください！」

「すまないっ……」

思わず耳を押さえながらそう抗議すると、途端にオスカー様は萎縮《いしゅく》したように小声になった。

「なにもそこまで小声にならずとも……まあいいですわ。お気遣いありがとうございます。ですが必要なものはございません。ドレスは私が実家から持参しているものが複数ありますので、その中から見繕いますわ。お気になさらず」

「しかしそれではっ……」

「どうせ来年には離縁するのです。今色々と用意していただいても、結局は無駄になってしまいます。余計なお金は使わない方がよろしいかと。装飾品も今手元にあるものからなんとかしますので、オスカー様のご負担は必要ありませんわ。ご安心くださいませ」

「っ……」

オスカー様は苦しげな表情を浮かべたまま、何も言葉を発しない。

透き通るような碧眼が戸惑うように揺れ動く様子を見ると、私は何も悪いことをしていないのに、なぜか胸が苦しくなる。

——あなたがそのような表情を浮かべるのはおかしいでしょう……。泣きたいのは私の方ですわ。

「もうお話は以上ですか？　何か変更があった場合は教えてくださいね。アンナやベルを通してのご連絡で構いませんので。ではまた舞踏会の日にお会いしましょう」

「いや！　待ってくれ……」

「まだ何か？」

「その……だから……」

オスカー様はしばらく迷った様子で再び口元をごにょごにょと動かしていたが、ようやく意を決したように話し出した。

「その、初夜の日に君に言ったことを謝りたくて……仮にも妻となった女性に言うべき言葉ではなかった。色々と誤解を招く表現を……すまない」

「どうしたのですか突然……アンナにでも注意されたのですか？」

聞けば彼女は古くからトーランド公爵家に仕えており、オスカー様の第二の母のような存在であるとか。

よって公爵令息に物申すことのできる、数少ないうちの一人なのだ。

「確かにアンナにもきつく注意をされた。だがそういうわけではない。あの晩の君の表情を見て、自分が何か取り返しのつかないことをしてしまったのではないかと……」

「……もういいのです」

「だが君は……怒っているではないか」

「怒っているというよりも、あなたに呆れているのです。嫁ぐ前はあれほど意気込んでいたというのに、今では公爵令息夫人となる決意もすっかり萎《しぼ》んでしまったようですわ……」

これが私の正直な今の気持ちであった。

あの日に感じたような怒りはほとんど残っていない。

その代わりにオスカー様への呆れと虚《むな》しさが残る。

そして容姿を貶《けな》されたことによる心の傷は、意外にも深いようだ。

あれ以来、私は寝る時以外に髪を下ろすことができなくなった。

言葉には出さずとも、オスカー様が黒髪を見てどんな反応を浮かべるのかが怖いのだ。

「それは……すまない」

「謝っていただかなくて結構です。謝っていただいたところで、あなたがエリーゼ様をお慕いしていることに変わりはありませんし、私の見た目が気に入らないという事実も変わることはありませんから」

「セレーナ……そのことなのだが……」

「お願いです。これ以上、私の傷を抉《えぐ》るような真似《まね》はしないでくださいませ」

「っ……」

オスカー様は再び口を開きかけたが、グッと堪《こら》えるかのように押し黙ると、そのまま踵《きびす》を返して部屋を出ていった。

――今更優しくされても、余計に辛いだけなのよ……。

だってその優しさの裏に私への好意はないのだから。

オスカー様の想い人は、これまでもこの先もエリーゼ様ただ一人なのである。

表面だけの優しさなどいらない。

本当はここまで冷たく素っ気ない態度を取り続けるつもりはなかったのだが、やはりなぜかオスカー様本人を目の前にすると、可愛《かわい》げのない態度をとってしまう。

……どうせ最初から可愛いとは思われていないのだけれど。

「若奥様……よろしいのでございますか？」

部屋の入り口で待機していたベルが、そっと私に尋ねてきた。

部屋を出ていったオスカー様の様子から、何となくの事情は察したのだろう。

「構わないわ。それより舞踏会のことなのだけれど……私がアストリアの実家から持ってきたものの中で、見繕ってほしいの。限られたものの中から選ぶのは難しいかもしれないけど……。あなたには迷惑をかけるわね、ごめんなさい」

「そのようなこと、お気になさらないでください。かしこまりました」

ありがたいことに、ベルはそれ以上余計な詮索《せんさく》をすることはなかった。

第二章　初めての舞踏会

「若奥様……本当にお美しい」

ほうっ……と、見惚《みと》れるように舞踏会の身支度を終えた私を見つめるベルの目に嘘《うそ》はない。

そんな彼女の様子に、凝り固まった私の気持ちもほぐれていく。

「ありがとう。あなたのセンスの賜物《たまもの》ね。本当に素敵だわ、ドレスと首飾りの組み合わせも、髪型も」

そう言うとベルは嬉《うれ》しそうに頷《うなず》いた。彼女のセンスはなかなかのものである。

今日の私はエメラルドグリーンのドレスに、ブルーサファイアの首飾りを身に着けている。

耳飾りもお揃《そろ》いのものを。

ドレスは少しだけ胸元の露出が多いものを選んでみた。

「若奥様の形のいいお胸が強調されて、直視できないほどですわ」

ベルは少し顔を赤らめながらそう告げる。

私は痩せ型の体型の割に胸が大きい。

以前はそれが恥ずかしくて、胸元をしっかりと覆うようなデザインのドレスを選んでいたこともあった。

しかし既に容姿を否定された私にとっては、もはや胸の大きさなどどうでもよくなってしまったのだ。

せっかくなので今まで着たことのないドレスを着てみたい。

「それにしても、本当に髪の毛を上に纏《まと》めてしまってよろしかったのですか？　こんなに美しい黒髪ですのに……緩く巻いて下ろした方がいいのでは……？　一房だけ下ろすということもできますけれど……」

今日の私の髪型は、いつも通り全《すべ》ての髪を一纏めにしたアップスタイルだ。

オスカー様に否定された黒髪が見える面積を、できるだけ減らしたい。

ここまでくると私ももはや異常なのかもしれないと思うが、それほどまでに彼の初夜での発言はトラウマとなり心に傷を残しているのだ。

「いいのよ。オスカー様は黒髪がお好きではないようだから」

「オスカー様がそのようなことを!?　大変申し訳ありませんでした……。そのお言葉をこれまで私たちは存じ上げませんでしたので……すぐにアンナ様にご報告いたします」

「だ、大丈夫よ！　それはしなくていいわっ……。今更あのお方の好みが変わるとも思えないし、無理に変えていただいても虚《むな》しいだけよ」

「若奥様……」

ベルはしょんぼりと眉《まゆ》を下げた。

「あなたがたくさん褒めてくれるから、私はそれだけで嬉しいわ」

「あなた様の美しさは本物です。そう思っているのは私だけではありません。自信をお持ちになってください」

彼女のまっすぐな瞳《ひとみ》は、やさぐれた私の心を癒《いや》す効果がありそうだ。

「それにしても若奥様、この首飾りと耳飾りは素敵ですわね。このように美しいブルーサファイアは初めて見ましたわ」

「これは父が誕生日のお祝いに贈ってくれたものなの」

「このサファイアの色は、ちょうどオスカー様の瞳のお色と同じですものね。ドレスがエメラルドグリーンでオスカー様のお色がない分、このサファイアがうまくカバーしてくれると思います」

そう。今日身に着けたサファイアの色は、オスカー様の瞳の色とよく似ている。

この国では配偶者の色を何かしら身に着けて舞踏会に参加するのが慣習となっており、私とオスカー様も例外ではない。

恐らく彼が私の色を身に着けることはないだろうが、それでも構わない。

一応公爵令息夫人であるうちは、彼のことを引き立てておこうと決めたのだ。


「失礼するぞ」

ベルとしばし歓談をしていたところ、控えめにドアがノックされて開き、オスカー様が姿を現した。

「っ……」

足を踏み入れて私の姿を一目見たオスカー様は、言葉を失ったかのようにその場に立ち尽くす。

「私はこれにて一度失礼いたします。何か御用がありましたらお申し付けくださいませ」

ベルは気を利かせたのかそう言ってお辞儀すると、素早く退室していった。

二人きりになってしまった部屋に気まずい静寂が走る。

オスカー様はぼうっとしたまま私の姿を眺めているようだ。

「……やはりお気に召しませんでしたか？」

一向に口を開こうとしないオスカー様に、痺《しび》れを切らした私はそう尋ねた。

「……いや」

「ではなぜそこに突っ立っているのです？　どうぞ中へお入りください」

「特に理由はない。……君も着飾ると雰囲気《ふんいき》が変わるのだなと思って……」

「それは褒めているのでしょうか？」

オスカー様は私のその発言に対して答えることはなかった。

所詮《しょせん》はそういうことなのだろう。

……本当に嘘がつけないお方なのね。

「それにしても、なぜ正式な行事でもないというのに髪をそこまで纏めてしまったんだ？　舞踏会では髪を下ろしている女性が多いだろう？」

オスカー様は純粋に疑問に感じたのだろう。

何の気なしにそんな残酷な質問をぶつけてくる。

誤魔化《ごまか》すことも考えたが、いっそのこと正直に理由を話した方がお互いのためだろうと思い、私は事実を告げることにした。

「黒髪があなたの目につくのを避けたいと思いまして。纏めていればそこまで目立つこともないですし。黒髪はお嫌いでしょう？」

するとオスカー様は一瞬目を見開き、すぐに元の表情に戻った。

「まさかそれを気にして……いつも髪を纏めていたのか？」

「……はい。お目汚しするようなことは嫌だったので」

「すまない……私の一言が君をそんなに追い込んでしまっていたとは……」

そう呟くオスカー様の言葉に嘘はなさそうだ。

そしてなぜか泣きそうな顔で俯《うつむ》いている。

彼は心底あの夜の自分の発言を反省しているようだが、なぜ突然態度が変わったのだろうか。

あまりにも以前とは異なる様子のオスカー様に、つい私もその態度を和《やわ》らげてしまう。

「いえ……私も少し意地になりすぎた気がします。ですが、黒髪が好きではないということには変わりないでしょう？」

「そ、それも、違うんだっ……」

「それ以上は言わないでくださいませ。こう見えて私だって傷つきはするのですよ」

「っ……その件に関してはすまない……だが私は、その……」

「もう参りましょう。最初から遅刻してしまっては、公爵令息夫妻として面目立ちませんわ」

その後に続く彼の言葉を聞くのが怖かった私は、逃げたのだ。

なんとも言えない雰囲気のまま、私はオスカー様の言葉を遮るようにその腕を取る。

そして隣に立つ彼の姿を何気なく横目で見ると、胸元のポケットからダークブラウンのチーフが覗《のぞ》いていたのだ。

その事実に私は思わず息が止まりそうになってしまった。

なぜならそれは、私の瞳の色だったから。

「ん？　どうかしたか？」

私の視線に気づいたオスカー様が、怪訝《けげん》そうにそう尋ねる。

「あの……そのチーフは……」

「ああ、君の瞳の色のものがないと思って。ようやくこれを見つけたよ。もっと早いうちに探しておくべきだったな」

「そうですか……」

「君のその首飾りと耳飾りも素敵だ。ブルーサファイアだろう？　私の瞳の色を身に着けてくれて、ありがとう」

そう言って微笑《ほほえ》むオスカー様の姿は、まるで絵画のように美しい。

「……一応今日は、仲睦《なかむつ》まじい公爵令息夫妻という設定ですので」

相変わらず素直になれない私は、可愛《かわい》げのない返事をしてしまう。

そんな私にオスカー様は一瞬悲しげな表情を浮かべたようにも見えたが、すぐに真顔へと戻る。

一体彼は先日からどうしたというのか。

薄気味悪いほどの変わりようだ。

その笑顔の裏に何を考えているのかが全くわからず、私はそれから何も言葉を発することができなかった。


「会場へ到着してからの動きだが……」

それから馬車に乗り込んだ後もしばらく沈黙が続いていたのだが、唐突にオスカー様がこう切り出した。

「まずは皆に簡単な挨拶《あいさつ》を終えた後、一曲踊りたいと思っている。異論はないか?」

「ございません」

「その後私は、恐らく他《ほか》の貴族たちへの挨拶回りをしなければならないだろう。その間は少し君を一人にさせてしまうが……大丈夫か？」

「大丈夫ですわ。適当に時間を潰《つぶ》しておりますので」

「大勢の貴族が参加する分、不届き者もいるかもしれない。くれぐれも、変な男にはついていかないようにしてくれ」

「まさか。私に声をかける物好きがいるはずがないでしょう？」

「君は……まあいい。とにかく気をつけてくれ」

そこから私たちの間に新たな会話は生まれないまま、馬車は目的地へと到着した。

今夜舞踏会が開催されるのは、フォード公爵家の屋敷である。

フォード公爵家も古くから王家と繋《つな》がりの深い高位貴族であるため、今回の舞踏会には王太子夫妻が参加するともっぱらの噂《うわさ》だ。

ということは、オスカー様の想い人であるエリーゼ王太子妃もいらっしゃるのだろう。

いい機会だ。

お二人が仲良くされているのを目に焼き付けておこう。

現実を思い知れば、思い残すことなく一年後の離縁に向けて動き出すことができる。

私がそんな不純な思いを抱えながら舞踏会に参加しているとは、オスカー様は思いもよらないだろう。

「……手を」

ぼうっとそんなことを考えながら歩いていたので、突然オスカー様に手を差し出されて戸惑ってしまう。

「え……？」

「え、あの……」

「あれほど失礼なことを言ってしまった私とは、手を繋ぐのも嫌か……？」

心なしかオスカー様の表情が悲しげなのはきっと気のせいだろう。

「……いいえ。少し考え事をしていましたので」

なぜか言い訳じみたことを言って取り繕ってしまう自分にも嫌気がさす。

私は何事もなかったかのように、差し出されたその手のひらの上に自らの手を重ねて置いた。

想像とは違い彼の手は温かく、私の手のひらよりも随分と大きかった。

するとオスカー様は、その手をギュッと握り締めたのだ。

えっ……!?　と驚き彼を見上げるが、その顔はまっすぐ前を見据えている。

咄嗟《とっさ》のことでその手を振り払おうとするが、固く握り締められていたので振り解《ほど》くことはできなかった。

——オスカー様もきっと、社交の場では夫婦らしく振る舞うおつもりなのね。

頭の中に浮かぶ様々な邪念を振り払う。

今夜だけは、私たちは立派な公爵令息夫妻なのだから。

私は偽りの笑顔を張り付けると、オスカー様に手を引かれて大広間へと足を進めた。

そこには既に大勢の貴族たちが到着しているようで、煌《きら》びやかな雰囲気が満ち溢《あふ》れている。

私たちが大広間へと入っていくと、すぐに複数の貴族たちに取り囲まれてしまった。

「これはオスカー様、お久しぶりです。こちらが例の奥様で？　いやぁ、噂に違《たが》わずお美しい」

「オスカー様、このたびはおめでとうございます」

「やあ、久しぶりだね。祝いの品をもらったようで、礼を言うよ。セレーナ、皆に挨拶を」

そう言われた私は男性たちに向けてお辞儀し、挨拶をする。

「セレーナ・トーランドと申します。以後お見知り置きを」

そして顔を上げたその時。

……おや？

そのうちの一人が、なんだか見覚えのあるような顔であった。

そして恐らく相手も同じことを考えたのだろう。

少し驚いたような顔をして私の方を見つめている。

かすかな記憶を辿《たど》っていけば、確かこの男性は侯爵令息であったはず。

私が独身時代に参加した数少ない舞踏会で、何度かその姿を目にしたことがあったため覚えていた。

歳《とし》はオスカー様と近かっただろうか。

「奥様は覚えていらっしゃらないでしょうが、以前舞踏会であなた様にお会いしたことがあります」

やはり、私の記憶は間違っていなかった。

慣れない舞踏会で所在なさげにしていた私に、優しく話しかけてくれた男性である。

「私、覚えておりますわ。知り合いがおらず一人でいた私に、声をかけてくださいましたよね。あの時はありがとうございました」

「覚えていていただけたとは。なんとも光栄です。今後ともよろしくお願いいたします」

ジャック・ホルンと名乗ったその男性は、にこやかに頭を下げてその場から立ち去っていった。

「ホルン侯爵の息子はまだ独《ひと》り身《み》なのだな」

彼の姿が完全に見えなくなるのを待っていたかのように、オスカー様が尋ねてくる。

基本的に舞踏会には夫婦揃って出席するのが恒例となっており、一人で参加していたジャック様を見る限り彼は未《いま》だ独身なのだろう。

「そのようですわね。ですがあのお方は親切でお優しい方ですから。きっといいご縁に恵まれますわ」

「……あの者には随分と優しいのだな」

「え？」

「私に対する時とは大違いだ」

その言葉にはどこか棘《とげ》があるようで、私はパッと顔を上げた。

すると慌てたようにオスカー様に視線を逸《そ》らされる。

「……もし不快な思いをさせてしまったのなら、申し訳ございません。ですがあのお方は、あなたのように失礼なことは言いませんので」

今の私の発言のどこに非があるのだろうか。

舞踏会の最初から機嫌を損ねられるのも困るのでとりあえずは謝っておくが、ついチクリと嫌味が出てしまう。

「……いや、私の方こそすまない。気にしないでくれ」

しかし意外にも返ってきたのは素直な反応。

オスカー様はやはりどこかおかしい。

なんだか調子が狂ってしまう。

そこからは何と話しかけていいのかもわからずお互いひたすら無言のまま、貴族たちへの挨拶を繰り返していく。

……その間中、繋がれた手が離されることはなかった。


――そろそろダンスの時間になるかしら。

挨拶も潮時だろう。

ちら、とオスカー様の方を見上げると彼も同じことを思っていたようで、僅《わず》かに頷く様子が見られた。

それを合図に私は彼に手を引かれ、ゆっくりと大広間の中央に向かって歩いていく。

「そういえば二人で踊ったことはなかったが……大丈夫だろうか？　前もって練習しておけばよかったな。すまない、すっかり忘れていた……」

「大丈夫ですわ。ダンスなら得意ですのでお任せください」

自分で言うのもなんだが、実家のアストリア侯爵家の教育は非常に厳しかった。

足に靴擦れができるほど、繰り返しダンスの練習をさせられたことを思い出す。

――オスカー様の方こそ、ダンスは踊れるのかしら？

今までの様子からはダンスが上手《じょうず》なようには全く見えない。

二人の息が合っていなければ、どちらかの足を踏んでしまいかねないだろう。

そうなったらお互いに舞踏会で恥をかいてしまう。

「……私の方こそ踊れるのかと聞きたい顔をしているな。安心してくれ、これでも公爵家の息子だ。しっかりダンスの教育は受けている」

「それなら安心いたしましたわ」

その言葉通り、オスカー様のダンスの腕前は優秀であった。

私との息もぴったりと合い、心配していたような事故が起きることはなかった。

何より彼とのダンスは非常に踊りやすい。これほど踊りやすいパートナーは初めてである。

私のペースに合わせてくれているため、ステップが踏みやすいのだ。

優雅に踊る私たちの姿を、他の貴族たちがうっとりと見つめているのがわかる。

彼らはまさか私たちの関係が白い結婚であるなど知りもしないだろう。

私たちのダンスをエリーゼ様もご覧になっているのだろうか。

そして果たして彼女は何を思うのだろうか。

永遠に答えの出ない問いが頭の中を延々と駆け巡る。

一年で離縁すると決めたのは自分のはずなのに、ほんの少しだけその決意が揺らいでしまったような気がして、自分はなんと単純な女なのかと嫌になる。

そんなことを考えながらダンスを続け、ぐるりとターンをしたのだが。

ターンを終えて正面を向くと、思いの外《ほか》私たちの距離は近かった。

互いの吐息がかかりそうなほどになっている。

「っ……」

「すまないっ……」

「い、いえ……」

咄嗟のことで一瞬息が止まりそうになり、鼓動が速くなっていることがオスカー様に知られたらどうしようと不安になる。

しかしどうやら動揺していたのは彼も同じだったようだ。

一見何事もなかったかのようにステップを踏んでいるが、その顔は薄《うっす》ら赤くなっている。

「……さすが、言っていただけのことはあるな。足取りが軽やかだ」

「それはどうも。オスカー様の方こそ。正直驚きましたわ」

きっと彼はまっすぐに褒めてくれたのだから、私も素直に褒め言葉を受け取ればいいものを……。

結局再び可愛げのない言葉で返してしまった。

「そろそろ曲が終わる……。先ほど馬車で打ち合わせたように、この後私は引き続き挨拶回りで少し席を外す。だがその前に王太子ご夫妻の元に行くつもりなのだ」

「……そうですか」

想い人のところへ行くことを、わざわざ妻に報告する男性がどこにいるのか。

「君も一緒に来てくれないか？」

「ええ!?　け、結構ですわ！」

思わず大声になってしまう。

「……なぜ？」

「夫の想い人の元へ、のこのことついていく妻などおりません」

「……やはり君は……。いや、こんなところで話す内容ではないな。わかった。では話していた通り、君は少しの間待っていてくれ」

「わかりました」

「繰り返すが、くれぐれも変な男についていくなよ？」

「先ほどからどうなさったのですか？　私はあなたの妻として既に知られておりますし、声をかける男性などおりませんわ」

「……君は自分のことを全く理解していない。いいからとりあえず気をつけてくれ」

――理解できないのはあなたの方です。

なぜか怒ったような顔で目の前から立ち去ったオスカー様の後ろ姿を見送ると、どっと疲れが押し寄せる。

知らないうちに気が張っていたのかもしれないと、私は果実水が置かれている中央のテーブルの方へと向かった。

果実水の入ったグラスを持ち中身を一口含むと、喉を通る冷たさで少し気分が楽になっていくのを感じる。

――オスカー様はどこにいらっしゃるのかしら。

無意識のうちに、大広間の中に彼の姿を探している自分に気づいた。

すると一際《ひときわ》目立つ金色の髪の男性が、白銀の髪の女性と何やら向かい合って話している様子が目に入る。

金髪の男性はまさしく我が夫、オスカー様である。

そしてその流れから考えると、お相手の女性は例のエリーゼ王太子妃殿下だろう。

さらにその隣には王太子殿下の姿が。

二人は決してある一定以上の距離を縮めることはなく、体の触れ合いも一切見られない。

あくまで王太子妃殿下と、王家に仕える公爵令息という立場を守っているようだ。

だが彼女を見つめるその目は、とても穏やかで優しいものであった。

——ああ、やはりオスカー様の心はエリーゼ様ただ一人のものなのね。

何を今更……わかっていたことではないか。

それなのに、胸が締め付けられるように苦しいのはなぜだろうか。

話に聞いていた通り、エリーゼ様の髪は透き通るように美しく輝いている。

黒く塗られたような私の髪とは大違いだ。

触れただけで手折《たお》られてしまうような儚《はかな》げなその見た目も、私とは似ても似つかない。

どれもこれもとっくにわかっていたことなのに、改めて現実を突きつけられたようで傷が抉《えぐ》られる。

「はあ……早く気持ちを切り替えて来年を迎えたいものだわ」

私は残っていたグラスの中の果実水を一気に呷《あお》った。

「失礼、お代わりをお持ちいたしましょうか？」

すると、突然後ろから声をかけられた。

先ほどのオスカー様の忠告を思い出して咄嗟に身構えた私は、ゆっくりと振り向く。

そこには先ほど挨拶を終えたジャック様の姿があった。

「あ……失礼いたしました。こういった場には慣れていないもので……」

「私もです。現に私は未だに独り身ですからね。どうもこういう場は苦手で」

私とジャック様は顔を見合わせて笑った。

「それにしても、まさかトーランド公爵令息とご結婚されているとは。驚きましたよ」

「ええ。私自身も未だに信じられない気持ちなのです」

「以前舞踏会でお会いした時は、結婚にはあまり興味がないご様子でした」

「その通りです。今回の結婚も、家同士の都合で両親たちが勝手に決めたこと。私の意思などありませんわ」

――実を言えばオスカー様に惹《ひ》かれていたのだけれども。

ジャック様は私の言葉に笑ってグラスを傾けた。

彼のグラスに入っているのはワインであろうか。

「お酒は、飲まれないのですか？」

ジャック様は、私のグラスの中身が果実水であると気づいていたのだろう。

「ええ。嗜《たしな》む程度です。すぐに気分が悪くなってしまいますの」

「それは残念だ。うちの領地ではワインの生産が盛んなのです。いずれトーランド公爵家にも贈らせていただきますよ。味見程度でも、ぜひ」

「まあ、それはありがとうございます」

恐らくその頃《ころ》私はトーランド公爵家にはいないのだが、まさかそんなことをジャック様にお話しできるわけもなく。

それにしてもオスカー様は、一体いつまで待たせるのだろうか。

そう思って先ほど彼とエリーゼ様がお話しされていたあたりに目をやるが、彼らの姿はない。

仕方なく再び果実水のグラスに口をつけようとした。

するとその時。

「おいジャック、隣の美しい女性は知り合いか？　紹介してくれよ」

「ついにお前にも遅すぎる春が来たのか？」

ジャック様の元に、数人の男性たちが歩み寄ってきた。

「こら、失礼だろう。彼女はトーランド公爵令息夫人だ」

彼の反応を見るに、親しい間柄の友人たちなのだろうとわかる。

私は聞き慣れない公爵令息夫人という呼び名に少し戸惑ったが、何事もなかったかのように彼らに挨拶した。

「お初にお目にかかります。セレーナ・トーランドですわ。以後お見知り置きを」

私は先ほどジャック様にした挨拶と同じように、彼らに軽く頭を下げる。

「……オスカー様の奥様だって⁉　どうりでなんて美しい女性だと思ったら……突然のご無礼をお許しください」

「ジャックのやつに、こんな美人な恋人ができるわけがないもんな」

そんな軽口を叩《たた》く彼らは悪い人ではなさそうなのだが、ジャック様はその様子に苦笑する。

友人たちは、『じゃあまた後で』と彼に告げてその場を去り、すぐに別の男性たちの輪に入っていった。

どうやら交友関係の広い人たちのようだ。

「本当に申し訳ありません。友人たちが無礼な真似《まね》をいたしました」

「いえ、いいのです。あなた方がいらっしゃらなければ、私は一人で壁際に佇《たたず》んでいたでしょう」

するとジャック様はちら、と大広間の中央に目をやると、急に真顔になってこう尋ねたのだ。

「ですがあなた様のご主人は……オスカー様は、いつもあなた様をこのように放っておかれるのですか?」

「……え?」

唐突な問いに私は目を丸くする。

「……これは失礼。先ほどから、あなた様があまりお幸せなようには見えなかったので……」

「私、そんな顔をしていましたか?」

「お寂しそうな顔をされています。せっかくの美しいお顔が……あなた様がそのような顔をするのはもったいない……何かお辛《つら》いことでもあるのではないですか?」

眉を顰《ひそ》め、切なげな表情でそう訴えるジャック様の姿に、私は初夜の出来事を思い出した。

だがそのことをありのまま彼に話すことは、なんだか間違っている気がする。

「普通は結婚したばかりの大切な妻を、このように一人置き去りにしたりはしない」

「……それは……」

彼の言うことはもっともである。

にもかかわらず、私はなぜかオスカー様を悪く言うようなことはしたくなかった。

「ジャック様が想像されているようなことは、何一つありませんわ。オスカー様は素敵なお方です。結婚してからもとても良くしてくださっていますし、何よりトーランド公爵家のために立派に働いております。あのお方と結婚できたことに悔いはありません」

トーランド公爵家のために働いているという点以外は、全てが大嘘だ。

しかし日頃の教育の賜物だろうか、私は張り付けたような笑顔でスラスラと嘘を話していく。

するとそんな私の返事が意外だったようで、ジャック様は呆気《あっけ》に取られたように目を丸くした。

「……そうなのですね。ですが今後もし何かありましたら私を頼ってください。私ならばあなたに悲しい顔はさせ……」

「妻のお相手をありがとう、ジャック殿。セレーナ、待たせてすまない。そろそろ行こうか」

ジャック様の言葉を途中で遮るかのように、私の肩に手が置かれた。

振り向くとそこにはオスカー様の姿が。

いつのまにこちらへ来ていたのだろうか。

心なしかその表情は険しいものとなっており、なぜか機嫌が悪そうにも見える。

「……これは、失礼いたしました。それではセレーナ様、またお会いできるのを楽しみにしております」

「ありがとうございます」

私はささやかに微笑むと、ジャック様に頭を下げた。

次の瞬間オスカー様にぐいっと力強く腕を取られ、なかば引きずられるようにして大広間を後にする。

「ちょ、オスカー様！　このような乱暴な真似をなさらなくとも、早く歩けますわ！」

「……」

だが彼は聞こえていないのか、そのままずんずんと早歩きで帰りの馬車へと急ぐ。

「放してくださいませ！」

「君は……あれほど変な男には気をつけろと話していたというのに！」

パッと手を離して私の方を向くオスカー様の表情は、これまでに見たことのないものであった。

いつも穏やかな碧眼《へきがん》の奥には怒りの色が見える。

彼がこれほどの激情にのまれているのは珍しいのではないか。

「ジャック様は変な方ではありませんわ。一人でいた私に気を遣ってくださっただけです。大体、あなたが私を長い間放っておいたからこうなったのでしょう？」

「あのように大勢の男たちに囲まれて……君は何もわかっていない」

「見ていたのですか？　あの方たちは皆ジャック様のご友人です。何も失礼なことはされておりませんので、ご安心ください」

「なんだ、さっきからジャック様ジャック様と……そんなにあの男が気に入ったか⁉」

オスカー様は一体どうしてしまったのだろうか。

これではまるで、彼が私とジャック様の関係に嫉妬《しっと》しているみたいだ。

「落ち着いてくださいませ、オスカー様。私はただジャック様とお話をしていただけですわ」

「何度もその名を言わなくていい。ただの話にしては、私と話している時よりも随分と蕩《とろ》けた顔をしていたように見えたが」

「っな……そんなことはありません！　それをおっしゃるならば、あなたの方こそエリーゼ様と仲睦まじくされていたではありませんか！」　人のことなど言える立場ではございませんわ」

「なぜそこでエリーゼ様の名が出てくるのだ⁉　あくまで王太子ご夫妻とその臣下として、挨拶をしていただけのこと。そこにやましい気持ちは一切ない！　君と一緒にしないでもらいたい」

「私がジャック様に、やましい気持ちを抱《いだ》いているとでもおっしゃいたいのですか⁉　……もう結構です。何もお話ししたくありませんので、これ以上話しかけないでください」

オスカー様はまだ何か言いたそうにしていたが、私の表情を見て渋々口を閉ざした。

言い争いに夢中になっているうちに、待たせておいた帰りの馬車へと辿り着いたようだ。

彼は馬車に乗り込む私にそっと手を差し伸べてくれたのだが、私はその優しさに気づかぬふりをする。

その時、オスカー様が一瞬戸惑うように瞳を揺らしていたのがなぜか印象的であった。


「セレーナ……」

どのくらい馬車が走ったであろうか。

一言も発することなく沈黙の続いていた車内で、先に口を開いたのはオスカー様の方であった。

「先ほどはすまなかった。つまらぬことで君を責めるような真似を……」

「……」

私は何と答えればいいのかわからず、無言のままである。

「あのように君を責め立てるつもりはなかったのだ。君があの侯爵家の息子に対して、私のことを悪く言わなかったことが嬉しくて……その礼を伝えたかっただけなのに」

「え……お話を聞いておられたのですか？」

「ああ、最後の方だけだが。てっきり悪口を言われるのだろうと覚悟していたところ……驚いたよ。

だが嬉しかった、ありがとう」

「いえ……」

正面に座るオスカー様は決してこちらを見ることなく、頬杖《ほおづえ》をついたまま外の景色の方を向いている。

その目元が少し赤らんでいるように見えるのは、気のせいだろうか。

「それから……今日の君は綺麗《きれい》だったよ。髪を纏めてしまっていたのが残念であったほどに」

「……ご機嫌取りなどしなくて結構です。黒髪はお嫌いなのでは？」

「確かにあまり好きではなかったことは事実だ。だがそれにも色々誤解があって……」

「誤解？」

「そう思うしかない発言をしてしまったのは私の責任だ……私が全て悪い。だが君も少し極端すぎないか？」

「……はあ!?　結局私のせいなのですか？」

「いやっ……そういうつもりではないのだが……ああ、もうっ」

ゴホン！　と咳払《せきばら》いをして居住まいを正したオスカー様は、ようやく私の方をまっすぐ見据えてこう告げた。

「せっかく同じ屋敷で暮らしているというのに、今のままではさすがにおかしいとは思わないか？　お互いのことを名前以外ほとんど知らないではないか。そりゃあ、こうなってしまったのは私の責任なのだが……せめて食事くらいは、一緒にとりたいのだ……」

「……今更そのようなことを、なさる必要はないかと思いますが」

「頼む。この通りだ」

オスカー様は私に向かって深々と頭を下げる。

この人は何と勝手な人なのだろうか。

そしてこれはまた厄介《やっかい》なことになった。

このままオスカー様と一緒に過ごす時間が長くなればなるほど、少なからず彼に対して情が湧《わ》くことは目に見えている。

初夜で散々な目にあったというのに、また自ら傷つきにいくようなもの。

辛くなるのは自分自身だ。

だが今はトーランド公爵令息夫人として生活している以上、オスカー様のご命令は絶対である。

いくら向こうが望んだ結婚とはいえ、私の実家は侯爵家でありトーランド公爵家よりは格下だ。

両親の顔に泥を塗るような真似はできない。

そんなことをぐるぐると考えて一向に返事をしない私に痺れを切らしたのか、オスカー様が私の顔を覗き込む。

「いいな？」

「良くはないですわ」

「セレーナ……頼む、この通りだ」

オスカー様は再び勢いよく頭を下げる。

公爵令息の謝罪など、滅多に目にすることはできないだろう。

さすがの私もついに折れてしまった。

「……わかりました」

「っ！　ありがとう！」

「ちょっと、離れてくださいませ」

興奮したオスカー様は身を乗り出すようにしてこちらに近づくが、私の言葉により慌てて背もたれに寄りかかった。

「あ、あああっすまない……」

こうして私たちはようやく朝食の時間を共に過ごすこととなったのだ。


「おはようセレーナ。昨夜は疲れただろう。よく眠れたか？」

「おはようございます……お陰様で、よく眠れましたわ」

翌朝目が覚めた私は簡単な身支度をベルに整えてもらうと、朝食をとるために食堂へと向かった。

これまで自室に食事を運んでもらっていたため、食堂で食事をとるのはこれが初めてである。

食堂に到着するとオスカー様は一足先に到着していたようで、既に食事を始めていた。

「すまない。先に始めさせてもらっている」

「いえ……こちらこそ遅くなり申し訳ございません」

私はオスカー様の正面の席にゆっくりと腰掛けた。

すると彼は私の顔を見て、一言呟いたのである。

「……今日も髪は纏めているのか？　気にしなくていいと言っただろう」

……本当にこの人は。

確かに昨晩、髪のことは気にしすぎだと言われた。

しかしオスカー様の反応が怖くなり、ついアップスタイルにしてしまったのである。

そんなに簡単に『はいそうですか』、と気持ちが切り替えられるわけもなく。

「すみません……あまり気にしないでくださいませ。この方が食事もとりやすいですし」

「そうか……」

沈黙の気まずさを誤魔化すかのように、私は紅茶を一口飲んで朝食に手をつけた。

寝起きの体に温かいスープが染《し》み渡る。

ほっと一息ついたところで、オスカー様が再び口を開いた。

「この屋敷に来てから何か不便なことはないか？　すまない、もっと早くに確認しておけばよかったのだが……」

「いいえ、アンナもベルも、皆さんとても良くしてくれていますわ」

「何か必要なものは？」

「それも、嫁ぐ際に実家の侯爵家からあらかた持参しておりますので。その中から賄《まかな》えておりますから、お気になさらず」

「君はこのトーランド公爵家に嫁いだのだ。必要なものがあれば、こちらで用意するのが筋だろう」

「以前も申しましたが、どうせ離縁する関係です。私に使うお金がもったいないですわ」

「……君はまたそんなことを」

それから私たちの間に会話はなく。

ただ無言で朝食を口に運ぶ時間は重苦しい。

食事を終えた頃には、気疲れで寝込みたいほどに疲れ果ててしまった。


「これから毎朝あの時間が続くのだと思うと、気が重くなるわ……」

自室に戻った私は、今日の予定を伝えるため部屋に来ていたアンナに思わず愚痴をこぼす。

「なかなかオスカー様のお気遣いが足りず、若奥様にはいつもご不便をおかけして申し訳ございません」

「アンナが謝ることではないわ。ただ、私たちの間にはかなり大きな溝があるのだと思って」

「……溝、でございますか？」

「そもそもオスカー様は、私の見た目がお好きではないでしょう？　もうそれだけで私は、オスカー様の前にどんな顔をして出ていけばいいのかがわからないのよ」

どうせ離縁するのだが、それでもやはりまた何か嫌なことを言われてしまったら、と身構えてしまう自分がいる。

「それは……若奥様は少なからず、オスカー様のことを想ってくださっているということでしょうか？」

「……私が、オスカー様のことを？　そんなことあるわけないわ」

それに関しては全力で否定させてもらう。

確かに初めて姿絵を見た時から、彼の寂しげな表情には惹かれていた。

だが初夜の出来事以来そんな思いはどこかに置いてきたのだ。

ここ最近の気持ちの揺れは、突然のオスカー様の態度の変化に戸惑っているだけであり、他に理由などない。

「若奥様……これから私がお話しすることは、あくまで一つの思い出話として受け取ってくださいませ」

「アンナ……？」

「少し長くなりますが、よろしいでしょうか？」

私は彼女に正面の椅子《いす》へ腰掛けるよう勧めると、アンナもその申し出を受け入れた。

「以前もお話ししました通り、オスカー様は幼い頃とても病弱で、手のかかるお子様でした。お父上の公爵様はとてもお忙しく、屋敷を空ける日がほとんどで。そんなオスカー様の唯一の安らぎは、お母上であるマリー様……奥様の存在でした」

「それは、トーランド公爵夫人のことね？」

「さようでございます。オスカー様は、奥様のお膝《ひざ》の上で絵本を読んでもらうことが何よりも大好きでした」

オスカー様の母上であるトーランド公爵夫人は、儚げな雰囲気で白銀の髪を持つ女性である。

少しお身体《からだ》が弱いらしく、公爵は夫人にかかりきりになっていると噂で聞いたことがあった。

「ですがオスカー様が四つにおなりになった頃……奥様が病で倒れられてしまったのです。なんでも人へとうつる病であったようで、次期公爵であるオスカー様に万が一のことがあってはならないと、オスカー様はご両親から隔離されるようにしてお育ちになりました」

「……まあ、そんなことが……」

「幸いにも奥様の病は一年ほどで快方に向かいつつありましたが、病の影響でかなり体力が落ちてしまわれたようで……。その後もオスカー様とお会いできる時間は僅かなものでした。オスカー様は一番母親からの愛情が必要な時期に、たった一人で過ごされていたのです」

「今では公爵夫人は、すっかりお元気なようだけれど……」

結婚式の時の公爵夫人は血色も良く、特に身体の具合が悪そうな様子は見られなかった。

「おっしゃる通り、オスカー様が七歳を過ぎる頃には、ようやく奥様のお身体も元通りまで回復されました。ですが……」

「まだ何かあるの？」

「その後ほどなくしてオスカー様の妹君がお生まれになり、今度は皆様そちらへかかりきりになってしまわれたのです。幼いオスカー様は決して、ご両親に甘えを見せることはありませんでした」

確かオスカー様には八歳ほど年の離れた妹君がいると、事前に目を通した釣書《つりがき》に書いてあっただろうか。

すでに他家へ嫁いでしまわれたらしく、私はまだ顔を合わせたことはないのだが。

それにしても、病弱であった公爵夫人をすぐに身籠《みごも》らせてしまった公爵に対して不信感が募る。

アンナはそんな私の胸中を察したらしい。

「公爵夫人がお倒れになるまで、公爵は家庭のことなど一切顧みないお方でした。ですがその件をきっかけにご夫婦の仲が深まられたようでして……」

それから先は言葉を濁すアンナであるが、私は何となくの事情を理解した。

「ですので、幼い頃のオスカー様には甘えを見せる相手がいなかったのです。もちろん私どもも精一杯オスカー様の心のケアに努めてきたつもりですが……やはり実の母親には敵《かな》いません。今では奥様もすっかりお元気で、オスカー様とのお時間をとることもできます。ですが立派な成人となられた今では、素直に甘えることも難しいのでしょう。お二人の間にはなんとも言えない距離が開いたままなのです」

「そうだったのね……」

「お母上に甘えることができず、年の近い子どもたちからはいじめられてしまい、オスカー様はご自分の殻に閉じこもるようになってしまいました。そんなオスカー様を助けてくださったお方が、王太子妃エリーゼ様でございます」

あの見目麗《うるわ》しいオスカー様に、そのような子ども時代があったことは意外であった。

「エリーゼ様のおかげでオスカー様がいじめられることもなくなり、オスカー様にはエリーゼ様をお守りするという目標ができました。その目標のお陰で勉学や剣術にも励まれたのです」

「それほどオスカー様のエリーゼ様へのお気持ちは強いということなのね」

アンナがどういうつもりでこんな話を始めたのか、私にはよくわからなかった。

エリーゼ様への強いお気持ちを話されたところで、妻である私は反応に困ってしまう。

するとアンナは慌てたように首を振った。

「いいえ！　誤解を招くような表現でしたら申し訳ございません！　ですが私が申したいことは、そういうことではないのです」

怪訝そうな表情が顔に出てしまっていたのだろうか。

アンナは私の疑問を解決すべく、引き続き口を開いた。

「恐れながら、オスカー様は母の愛というものをあまりよく知りません。あのお方は母の愛に飢えております。そしてエリーゼ様は、奥様と髪の毛の色や立ち振る舞いが似ておられるのです」

「まさかあなたは、オスカー様がエリーゼ様をお母様だと思っていると言いたいの……？」

さすがにそんなことはあり得ないだろう、と心の中で思っていたことが、またもや顔に出ていたらしい。

「もちろんそのようなことはないでしょう。奥様とエリーゼ様ではお歳も離れすぎています」

「それはそうよね」

「ですが、お二人の姿を重ね合わせていたのではないか……とは思っております」

「どういう意味？」

「オスカー様は奥様やエリーゼ様に、憧れのお気持ちを持っていらっしゃるのではという意味です。断じてそれは恋心ではありません」

「……私にはよくわからないわ」

結局アンナが言わんとしていることは、わかったようでわからないような……曖昧《あいまい》なまま終わってしまった。

ただ一つわかったことは、オスカー様はお寂しい方なのかもしれないということ。

愛に飢えた故に性格が歪《ゆが》んでしまったのだろうか？

……それにしてもかなりの歪み具合ではあるのだが。

オスカー様がかなりの不器用であることはわかってきた。

あのお方は、ご自分の考えをハッキリと伝えることを避けるのだ。

例の初夜の発言の勢いはどこへ行ったのやら。彼が突然態度を和らげた理由が知りたい。

だがオスカー様がこれまでに抱えてきた寂しさや孤独を、私が紛らわして差し上げることは難しいのではと思う。

私はそれほどの器の持ち主ではないのだから。

第三章　懺悔《ざんげ》

「すまない、私は君のことを好きにはなれないかもしれない」

私は初夜の日にそう彼女に告げた。

今思えばなぜあんなことをと冷静になれるのだが、あの時はそう告げることが誠意であると勘違いしていたのだ。


私は幼い頃《ころ》から母の愛をほとんど知らずに育ってきた。

病のせいなので致し方ないことなのだが、母の愛を求める幼心にはかなりの負担であったのだと思う。

母の美しく優しい姿を探し求めながら成長した私は、何かが欠落してしまったまま大きくなってしまったのかもしれない。

数年後、体調が戻りようやく自由に会うことができるようになった母に、素直に甘えることができなくなった。

やがてどこか闇《やみ》を抱えたような病弱な子どもは、格好のいじめの標的になり。

私は余計に殻に閉じこもるようになった。

何のために生きているのか、悶々《もんもん》とした日々を過ごしていた私にある出会いが訪れる。

それが、いじめから私を助けてくださったエリーゼ様だ。

王太子殿下の婚約者であるエリーゼ様のおかげで、私は二度といじめられることは無くなった。

私より六歳年上の彼女は頼りになる存在で、当時の自分には眩《まぶ》しく輝いて見える憧れの存在であった。

人生のどん底から拾い上げてもらった恩を王家への忠誠で返していこう。

エリーゼ様が笑って安心して過ごすことのできる国を作り上げるお手伝いがしたい。

本気でそう思っていた。

そして私はその憧れの気持ちが、恋心故であると考えていたのだ。

だがそこに彼女とどうこうなりたい気持ちは一切なかった。

エリーゼ様が王太子殿下と幸せになることだけを祈り、王太子ご夫妻を生涯守ると誓ったのだ。

そこにやましい気持ちなどなく、王太子殿下もそのことをわかってくださっている。

家族の愛を知らないで育った私には、愛に溢《あふ》れた家庭を作る自信もない。

心を許せる友人も数少なく、未《いま》だに女性経験もなかった。

そんな私は結婚などせずにいずれは養子を迎えればいい、そんなことを考え始めていたのだが。

公爵夫妻である父と母は、いつまでも結婚しようとしない私に対して無理矢理婚約を取り付けた。

その相手がセレーナである。

きっと両親なりに、私の現状に責任を感じていたのだろう。

公爵家の難しい立場を考慮して選出された彼女は、侯爵令嬢として美しく気高い女性であるとも聞かされていた。

姿絵はあえて見なかった。

見たところで婚約が覆《くつがえ》されるわけでもない。

元々自ら望んだ結婚ではないのだ。

身体《からだ》の弱かった母の世話を焼くのに忙しい父に代わって執務をおこなっていた私は、寝る暇もないほどの忙しさの中にいた。

自分はまだ公爵ではないというのに、なぜ父の代わりにこれほどの重労働をせねばならないのか。

そんな悶々とした不満に心が悲鳴を上げかけたこともあった。

だが私が頑張れば父も、そして何より大好きな母も幸せになれるのだ。

トーランド公爵家を守ることができるのは、自分しかいない。

そんなよくわからない使命感のようなものに駆り立てられながら、日々の公務をこなしていた。

婚約が結ばれたセレーナの元を訪問せずとも、結婚してから彼女のことを知って、それから大切にしていけばいい。

だがここで私にはある葛藤《かっとう》が生まれたのだ。

――エリーゼ様に対して抱《いだ》いている気持ちを、妻となるセレーナには予《あらかじ》め伝えた方がいいのではないか？

加えて、自分には人を好きになるという気持ちがよくわからないため、セレーナを愛することができるのかわからない。

表面上で嘘《うそ》の愛の言葉を囁《ささや》くのは妻となってくれる彼女に対して不誠実な気がして、私は冒頭の言葉を彼女に告げてしまったのだ。

そしてその後にすぐこう続けるつもりであった。

『だがそんな私の妻となってくれた君を、生涯大切にしたい』と。

しかし、ここで予想外のことが起きた。

私がその言葉を告げる前に、セレーナの方が先に口を開いたのだ。

どういう意味かと彼女に問われた私は、ここでエリーゼ様のことを伝えて下手《へた》に彼女の誤解を招いてしまうことを恐れた。

頭が真っ白になってうまく言葉が見つからず、パッと目についたセレーナの黒髪から、咄嗟《とっさ》に彼女の見た目が気に入らないと伝えてしまったのだ。

完全にただの失礼な男であるし、我ながらどうかしていると思う。

彼女はかねてから耳にしていた通り、気の強そうな美人であった。

これまで私の身の周りにはいないタイプの女性だったので、意表をつかれたのは事実である。

容姿のことを告げると、凛《りん》とした美しい顔に悲しみと困惑が混ざったことを今でも思い出す。

今ならわかる、自分の発言は彼女をひどく傷つけただろう。

だが彼女は意外にも、今度は自分のどこが気に入らないのかと尋ねてきたではないか。

今思えば、そこですぐに訂正し謝罪すれば良かったというのに。

一度口に出してしまった言葉を引っ込める勇気がなぜか出ず、私はつい軽い気持ちで黒髪だと告げてしまったのだ。

実を言うと黒髪が少し苦手なのは本当であった。

昔自分を執拗《しつよう》にいじめていた貴族令息が黒髪であったことから、黒髪を見ると昔のことを思い出してしまい苦手だったのだ。

思わず口からその言葉が飛び出したのはそのせいだろう。

ただそこまで毛嫌いするほどのものではなかったのだ。

しかしここまでくると、もはや取り返しはつかないところまできてしまったようで。

セレーナは気の強そうな見た目通り、よく弁が立つ。

女性とろくに関わったことがなく口の回らない自分は、売り言葉に買い言葉で気づけばとんでもない発言の数々をしでかした。

……我ながら何と見苦しいことか。

これが二十歳《はたち》をとうに過ぎた公爵令息のやることなのだろうか。

そして最後にセレーナは、私には慕っている女性がいるのかと尋ねてきた。

懇意にしている女性などもちろんいない。

だがここでエリーゼ様のことを伝えておくべきだと思った。

その時の自分は、エリーゼ様への忠誠が恋心からくるものなのかもしれないと勘違いしていたのだから。

そしてセレーナへの隠し事はしないという誠意を表すつもりで、エリーゼ様のお名前を出したのだ。

エリーゼ様とどうこうなるつもりなどないし、セレーナを妻として立てていくつもりだったので何も問題はないと思っていた。

……だがどうやらことはさらに大きくなったらしい。

彼女は私がエリーゼ様にぞっこんで、叶《かな》わぬ恋に苦しんでいると思い込んだ。

まあ、あの台詞《セリフ》を耳にしたら誰《だれ》もがそう勘違いするだろう。

自分は何かとんでもない失敗を犯したのでは……。

そう思い始めたが、気を取り直す。

彼女にはトーランド公爵家のためだなどともっともそうな理由を告げているが、本音を言えば私は彼女と初夜を迎えたかった。

それは男性としての性《さが》であったのだと思う。

これまでに娼館《しょうかん》などに誘われたこともあったが、どうも娼婦《しょうふ》のような女性は苦手だ。

セレーナはとても美しい女性であったし、初めて女性の肌に触れてみたかった。

しかしそんな邪念を抱いていることを悟られてしまうのを恐れて、セレーナとの初夜は義務で致し方なくおこなうものであると告げてしまったのだ。

余計なプライドが邪魔をしてしまった。

もちろんそんな都合のいい願いが叶うはずはなく。

自分で自分に最後のとどめを刺したのだ。

結局彼女には一年後の離縁を告げられ、実は数少ない友人であるサマンが好みだと言われ、寝室はおろか食事すら別々でとるようになってしまったのだ。

まさかここまで話が拗《こじ》れてしまうとは思ってもいなかった。

全《すべ》ては己の身から出た錆《さび》なのだが。

彼女が立ち去った後、私は空の寝台を目にして途方に暮れた。

本来ならば、今頃ここで……。つくづく自分の愚かさが嫌になる。

やはり自分はどこかズレているのだろう。

それと同時に、ハッキリと自分の意見を話すセレーナの姿が、なぜか強く印象に残った。

これまで私の周りには、家庭に恵まれなかった公爵令息を腫物《はれもの》に触るかのように扱う者しかおらず。

セレーナとの出会いは、そんな淡々とした変わらぬ生活の中で初めての刺激だった。

翌日からは寝ても覚めてもあの初夜のことばかりが気掛かりで、何も手につかない。

彼女ともう一度話してみたい。だがどうやって？

もはや二度と顔も合わせてくれぬような剣幕であったではないか。

そんなことばかりが頭の中を支配して、珍しく王城からの招待も断った。

数日後、嵐のようなアンナの説教から、セレーナが自分の予想以上に傷ついていたことを思い知る。

「なんと嘆かわしい……あのようにお美しい方に、なんてことを！」

申し訳なさと、自分のしでかしたことへの恥ずかしさがより一層強く押し迫り、潰《つぶ》れそうになった。

それからというもの、セレーナとの関わりは時折屋敷の中ですれ違う一瞬だけ。

まるで他人のようだ。せめて彼女のために何かしたい。

ちょうどその時舞踏会の招待状が届いたことをきっかけに、私は彼女を舞踏会に誘った。

しばらくぶりに顔を合わせた彼女はやはり美しい。

エリーゼ様に抱いていた感情とは全く異なる何かが私を支配していく。

そして初夜の詫《わ》びに何か装飾品を……と思っていた私の考えがいかに甘く、浅はかであったことか。

結局、セレーナは何も求めなかったのだ。

どうせ離縁するのだから、自分に金を使う必要はないと。

彼女のまっすぐな瞳《ひとみ》で見つめられると、胸が苦しくなり何も言い返すことができなくなる。

この気持ちは何なのだろうか。

せめてもの償いにと、私は舞踏会で彼女の色のチーフを胸元にあしらった。

適当に用意した様子を装ったが、実際は直接店に足を運んだ。

そして時間をかけて、彼女の瞳の色により近いものを選んだのである。


舞踏会のために飾り立てた彼女は美しく、思わず言葉を失うほどであった。

しかしなぜかその黒髪はしっかりと纏《まと》められている。

貴族の女性は髪を下ろすことが多いためその理由を尋ねると、私への配慮だと言うではないか。

私は愕然《がくぜん》とした。咄嗟に出たあの初夜の言葉が、彼女の呪縛《じゅばく》となっていたのだ。

すぐに謝罪をしたが恐らく意味はなかっただろう。

彼女の中には、もはや私への期待など全くないことがよくわかったのだ。

それと同時に、自分の心がざわめき始めた。

彼女を舞踏会へ連れていってもいいのだろうか。

もし自分のいない間に誰か別の男に見染《みそ》められたら……？

離縁は一年後であったとしても、その前に屋敷を出ていってしまうかもしれない。

彼女を他の男に取られてもいいのだろうか？

心の中に名前のわからない感情と、黒い靄《もや》が広がっていく。

案の定、セレーナは男たちの注目の的であった。

中でもあのジャックという男は要注意人物だろう。

彼女を一人残してきてからというもの、私は心配で気が気でなかった。

王太子ご夫妻を前にしてこのように気もそぞろになるなど、初めての経験である。

本当ならば今夜の舞踏会で、王太子ご夫妻にセレーナのことを紹介したかったのだ。

だが彼女は未だに誤解しているようで、私と共に来てはくれなかった。

早々に挨拶《あいさつ》を切り上げセレーナの元へと向かうと、例のジャックという侯爵令息が今にも彼女を口《く》説《ど》こうとしているところだったのだ。

あの男は私が彼女をほったらかしにしていると囁いた。

それは紛れもない事実であり、セレーナに悪く言われても仕方がない。

そう思って覚悟したのだが、耳に入ってきたのは予想外の言葉であった。

『ジャック様が想像されているようなことは、何一つありませんわ。オスカー様は素敵なお方です。結婚してからもとても良くしてくださっていますし、何よりトーランド公爵家のために立派に働いております。あのお方と結婚できたことに悔いはありません』

セレーナは私のことを悪くは言わなかった。その事実になぜか胸が苦しくなる。

それと同時に、どうしようもなくジャックという男への嫉妬《しっと》心が湧《わ》いた。

こんな思いは生まれて初めてだ。

これ以上彼女を人目に晒《さら》したくない。そんな独占欲のようなものが湧いて、気づけば私は彼女を無理矢理屋敷の外へと連れ出してしまったのである。

案の定セレーナにはどういうつもりかと責められ、ジャックとの間には何もないと言われた。

だが、あいつと話している時の彼女の表情。そしてあいつの名前を繰り返し呼ぶ彼女の声。

全てが許せず、くだらぬ言い争いをしてしまった。

これほどまでに気持ちに余裕がなくなるのは初めてだ。

そして気づいたのだ。これが恋であると。

恋だと勘違いしていたエリーゼ様への気持ちは、恋ではなかったのだと。

年上のエリーゼ様に抱いていた思いは、母に対するそれと少し似ていたのかもしれない。

私はセレーナに初めての恋をしたのだ。

セレーナに好かれたい。愛されたい。

だが初夜の場であれほどまでに失態を晒した私など、彼女に好かれる資格はない。

ああ、一年とは何と短いのだろうか。

来年の今頃は彼女のいないこの屋敷で、私は一人どう生きているのだろうか。

せめてそれまでの間は、できる限りのことをしよう。

彼女に少しでも振り向いてもらうために……。

「珍しいな、こんな時間にお前から俺のところに来るなんて。ここ最近はかなり忙しそうにしていただろ？」

「夜遅くにすまない」

私は目の前に座っている友人の姿をまじまじと見た。

サマン・シードは私の数少ない友人の一人で、私と同じ二十代半ばでありながら騎士団長を務める凄腕《すごうで》の男だ。

セレーナによく似た黒髪に、意志の強そうな赤い瞳。

当初は彼の黒髪にも若干の苦手意識を持っていたものの、仲が深まるにつれてそんなことは気にならなくなった。

そして騎士団長という名に恥じぬ、シャツからボタンが弾《はじ》け飛ぶのではと思うほどに鍛え上げられた肉体。

――ああ、見事に私とは似ても似つかない。だが彼女はこいつのような男が好みであると言っていた……。

「……どうした。元々暗い顔が、ますます陰気になっていないか？」

「それは心配しているのか、悪口なのか、どっちだ」

「もちろん心配しているさ。お前とは十年近い付き合いだろ」

サマンと知り合ったきっかけは、十代の頃に通っていた学院で同級生だったことだ。

当時の私は、今以上に内気で陰気なやつであった。

いじめを受けていたことで、友人の作り方や同年代の若者たちとの関わり方がわからず、いつも一人で過ごしていたのだ。

しかし一人で過ごす昼休みは思いの外《ほか》長く、苦痛であった。

当時エリーゼ様と王太子殿下をお守りするために剣術の腕を磨きたかった私は、その時間に中庭で一人鍛錬をおこなうことにしたのだ。

そんな時に声をかけてきたのが、このサマンである。


『おい、そこでそんなに力を入れてはだめだ。剣を下ろす時は勢いよく、肩の力を一気に抜くように下ろせ』

その日もいつも通り一人で鍛錬に励んでいた私は、唐突に後ろからかけられた声に警戒心を強めた。

そんな気持ちが表情にも表れ、怪訝《けげん》そうな顔で振り向く。

そこにいたのは、黒髪に赤い瞳の意志の強そうな若者。

一瞬苦手な黒髪に身構えそうになったが、そんな隙《すき》を与えぬかのように彼は自己紹介を始めた。

『俺はサマン・シード。シード公爵の息子だ』

サマンは気まずそうな表情を浮かべながらもこう続ける。

『……なんて顔だ。お前、ここで毎日剣術の練習をしているよな？　剣術に興味があるのか？』

それからサマンは自分の身の上を話し出した。

代々騎士団長を務める家系であること。

現騎士団長である父が大怪我《けが》を負ったため、早く自分が補佐できるように剣術に励んでいること。

そして将来は騎士となり、ゆくゆくは父の跡を継いで騎士団長の座に就くのが夢だということを。

気づけば私も彼に身の上話をしていた。

母が長らく病に倒れていたこと、いじめのこと。

そしていじめから救ってくださったエリーゼ様と王太子殿下をお守りするために、剣術の腕を磨きたいのだということを。

『それならば、共に剣術に励もう』

一通り私の話に耳を傾けたサマンは、そう言ってニカッと笑っていた。

それからは私の剣術の練習相手として、サマンも鍛錬に加わるようになった。

だがその時点で、既に私の力ではサマンの実力には到底及ぶはずもないほどであったのだが。

そんな経緯から、いつしか私たちは剣術以外の場面でも共に過ごすことが増えたのだ。

彼は私の抱えている闇を知っている数少ない人間である。

「で？　一体どうしたんだ。そういえばお前結婚したんだっけ？　新婚のくせにそんな辛気《しんき》臭い顔するなよ」

「……新婚であって、新婚でないのだ……」

意味がわからないといった表情を浮かべたサマンに、私は初夜の出来事から恋心を自覚するまでを話した。

だんだんと彼の眉間《みけん》に皺《しわ》が刻まれていき、その皺はどんどん深くなる。


「……お前、馬鹿《ばか》なのか？」

全てを聞き終えたサマンの口から飛び出した第一声はこれだ。

「その通りだ……なんとでも言ってくれ。もはや何を言われようと反論する気もない」

「まさかここまで拗らせた男だとは思ってもいなかった。夫人がお気の毒に」

「自分でもそう思っている」

「そんな王子様みたいな見た目で、中身がポンコツだとは誰も思わんわな」

そうだった。こいつはかなり口が悪いのだ。

だがその裏には優しさがあることを知っているので、好き放題言われてもそこまで嫌な感じはしないのだから不思議なものだ。

「お前の王太子妃殿下への気持ちが忠誠心からくるものであることくらい、皆知っていたはずだぞ？　まさかお前自身が、未だにそれを恋であると信じていたとは思いもしなかった」

サマンは呆《あき》れたような、困ったような表情を浮かべる。

そしてお手上げだと言わんばかりに両手を軽く上げた。

「わからなかったんだ……これまでに誰かを好きになったことなどなかったから……」

「セレーナ様はお美しい方であるし、自分の意思をしっかりとお持ちになっていそうな方だからな。お前が好きになってしまうのもわかるよ」

「ま、まさかお前も彼女のことが……？」

こいつが相手ならば、もはや既に勝敗は決まっているようなもの。

セレーナもサマンに靡《なび》いてしまうに違いない。

青ざめたような顔を向けた私に、彼は若干引いた様子で否定した。

「馬鹿、なんでそうなるんだよ。それになんて顔をしている。以前セレーナ様とお話しした時にそう思っただけだ」

「彼女はお前の見た目が好みだと、そう言っていた……」

「俺の？　ほう、それは光栄だ」

そう言ってニカっと笑うサマンの姿は相変わらず男らしく、思わず私は俯《うつむ》いてしまう。

「そんなに好きなのか、セレーナ様のこと。まだ大して話したこともないのだろう？」

「……ああ、なぜか好きなのだ。私も彼女に好かれたい。彼女にいなくなってほしくない」

「なんというか……重いな。この歳で童貞の初恋ほど重くて厄介《やっかい》なものはない」

「……わかっている。もはや取り返しのつかないほど彼女との距離は開いてしまっているというのに、私の気持ちは強くなるばかりだ。どうしたらいい……」

しばらくサマンは黙っていた。

だがやがてため息をつくと、腕を組みながらこう切り出す。

「とりあえず、落ち着け。お前は勢いのままに動くとろくなことがない。いいか、彼女に何か話しかける時は一息おいてからにしろ。感情のままに喋《しゃべ》るな」

「……セレーナは弁が立つ。そのように悠長にしていられるだろうか……」

「下手に喋りまくって墓穴を掘るよりマシだろう」

それから、とサマンは続けた。

「少しでも彼女とたわいもない話をする時間を増やせ。互いのことを何も知らないのでは、どうしようもないだろう」

「ああ、それならばこれから朝食を共にとるよう、声をかけたところだ」

……本当は半ば無理矢理取り付けたような約束なのだが。

むしろ約束というよりも、もはや命じたようなものである。

「ならばそこで少しでも距離を縮めるしかない。あとは、今までの発言は撤回してひたすら謝罪しろ。

今後も何か間違えた発言をしたら、すぐに謝れ。後回しにするな」

「わかった。気をつける」

「なあオスカー」

「なんだ」

「俺はお前のそんな顔初めて見たよ。いつも生気の抜けたような顔をしていたのに」

言われてみればそうだろうか。

滅多なことでは揺れ動くことのなかった感情が、セレーナに恋をしてからというもの激しく揺さぶられ続けている。

「頑張れよ」

「ああ……ありがとう」

「ちなみに、俺もぼちぼち婚約者殿を探さなければいけないのだが」

「お前なら、俺と違って引く手数多《あまた》だろう」

「俺は剣が恋人だからなぁ。こんな剣術バカだと知ったら、皆逃げ出していくかもしれん」

「確かにお前が剣術に向ける思いは異常なほどだ」

そんなたわいもない話をしながら、私はサマンの屋敷を後にした。

そうして迎えたセレーナとの初めての朝食。

結論から言うと、何とも気まずい時間となってしまった。

セレーナは突然の私の変化に、終始戸惑いを隠せない様子。

サマンに忠告されたように、慌てて言葉を繋《つな》ぐことのないよう心を落ち着かせる。

だが彼女は相変わらず、どうせ離縁するのだから自分に金をかけるのはもったいないと頑《かたく》なである。

相変わらず黒髪もしっかりと纏められたまま。

自分の言葉が彼女をここまで追い詰めてしまったのだと自責の念にかられた。

その後にかけるべきうまい言葉は見つからず、口を閉じるしかない。

このままいけば彼女と過ごすことのできる時間は残り数ヶ月。

刻一刻とその時は迫っている。

ああ……セレーナ、あの晩をやり直すことができたなら。

そんな叶うはずのない願いと後悔が胸に渦巻く中で、私は今日も一人で寝るには広すぎる寝台で眠りにつくのだ。

第四章　トーランド公爵夫妻の来訪

あの舞踏会の後のオスカー様からの申し出を断り切れず、私は彼と毎日朝食を共にするようになった。

昼食や夕食は互いの生活リズムの違いもあるので、偶然時間があった時のみ一緒に食べることになっている。

オスカー様は執務に追われているようで、昼食は食べない日も多いのだとか。

夜も遅くに帰宅することがほとんどなので、夕食は簡単なもので済ませているらしい。

——初夜の日におっしゃっていた、仕事が忙しくてなかなか会いに来られなかったというお話も、あながち間違っていないのかもしれない……。

それでも一度も会いに来ないというのはさすがにあり得ないとは思うのだが。

オスカー様の目の下には隈《くま》もできており、顔色が優れない日も多い。

なんでも現公爵夫妻が長期的に本邸を空けるため、その間はオスカー様が代わりに執務をおこなわなければならないらしく。

未《いま》だ公爵令息という立場ではあるものの、実質公爵と同じ仕事をこなしているようだ。

数年以内にオスカー様がトーランド公爵の座に就くという噂《うわさ》も耳にしたことがあるが、それも本当なのだろうか。

公爵令息であるオスカー様に執務を任せきりの公爵に対しては、私も少し納得がいかない。

彼があそこまで歪《ゆが》んでしまった原因は、少なくともご両親である公爵夫妻にあるはず。

いじめの問題も、本来ならば公爵が毅然《きぜん》とした対応をとるべきところだ。

だがきっとアンナの話から考えると、公爵は恐らくいじめがあった事実すらも正確には把握していなかったのかもしれない。

その点に関してオスカー様はなんともおかわいそうな方だと思う。

最初は沈黙が続いて窮屈であった食事の時間にもいつしか慣れ、たわいもない話をすることができるようになってきた。

話す時間が増えれば、これまで知らなかった互いのこともよくわかるようになってくる。

例えば食べ物の好き嫌いについて。

オスカー様は野菜が苦手なのだとか。

「形が残っているものはどうしても苦手だ……ポタージュのように食べやすくなっているといいのだが。この歳《とし》になっていつまでもそんなことは言っていられないからな……頑張って口には入れるようにしている」

そう言って苦い顔をしながらサラダを口に運んでいるオスカー様は、まるで子どものようだ。

そんな彼を少し可愛《かわい》いと思ってしまっている自分もいる。

また、趣味の話などもしてくださるようになり。

「実は乗馬が好きなんだ。一人でよく遠乗りに行っている」

オスカー様がそう教えてくださった時、私は正直驚いた。

騎士団長サマン様のようなお方ならば、乗馬が趣味と言われても納得するだろう。

だがオスカー様はどちらかというとその見た目から、お部屋の中で読書などを好まれるタイプだと勝手に思い込んでいたのだ。

「一人で馬に乗っていると、時間があっという間に過ぎていく。嫌なことも忘れられるのだ」

そう話すオスカー様の表情には、どこか翳《かげ》りが含まれていたような気がする。

アンナが話していた幼少期の経験と関係しているのだろうか。

もしかしたら彼には、心を許して何でも話すことのできる相手はいないのかもしれない。

「今度、共に遠乗りに出かけるか？」

「……どなたとでございますか？」

「……私が今話しているのは君しかいないだろう」

オスカー様と遠乗りなど、できるわけがない。

それはまるで仲睦《なかむつ》まじい夫婦のやることではないか。

「……機会がありましたら」

「……そうか」

私が遠回しに断ったと感じたのか、オスカー様は目に見えて落ち込んだ様子。

その姿に一瞬罪悪感を覚えたが、それも束《つか》の間《ま》。

彼は急に何かを思い出したかのように勢いよく顔を上げた。

「そうだ。実は急に決まったことなのだが、三日後の午後に父と母がこちらの屋敷に戻ってくる。一週間ほど滞在するらしい。申し訳ないが、君にも対応をお願いすることになるだろう」

「トーランド公爵夫妻が……かしこまりました。お二人の間では白い結婚の件も伏せておきますのでご安心を」

「セレーナ、その件なのだが……」

するとその時、ずっとオスカー様の背後に控えていた執事がこちらへ歩みを進め、オスカー様の耳元で何かを囁《ささや》いた。

同時に彼の眉間《みけん》へ皺《しわ》が寄る。

「くそっ、よりによってなぜ今なのか……すまない。急遽《きゅうきょ》王太子殿下の呼び出しで城へ行くことになった。私は先に失礼するよ」

「お気をつけていってらっしゃいませ」

一体、彼は何を伝えるつもりであったのだろうか。

少しモヤモヤとした感情を抱えながら、私は残りの朝食を口に運び続けたのであった。

「以前よりもお二人の間の空気がいい方向に変わったようで、私は嬉《うれ》しいですわ」

「……ええ？　そうかしら？　お話をする時間が増えただけよ」

部屋へ戻るとベルに身支度を手伝ってもらい着替えを済ませる。

「今日も髪型は……いつものでよろしいのですか？」

「ええ。纏《まと》めてしまって構わないわ」

身支度を済ませて鏡の前に立つと、いかにも気の強そうな顔がそこにはあった。

ツンと上がった眉《まゆ》に、勝ち気な唇。

髪を上に纏めているせいで、余計に表情全体もきつく見えてしまう。

目は大きい方なのだが、それがかえって威圧を与えてしまっているのかもしれない。

「これでは儚《はかな》げな女性とは程遠いわね……」

「何かおっしゃいましたか？」

「いいえ、なんでもないわ。それよりも、トーランド公爵夫妻がいらっしゃるのよね？　私は何か準備をお手伝いした方がいいのかしら？」

夫妻と会うのは結婚式以来だ。

一応まだトーランド公爵令息夫人である私にとっては義父母である。

オスカー様の顔を立てるためにも、失礼のないように立ち回りたい。

「滞在中のお部屋の支度などは全《すべ》て私たちの方でおこないますし、若奥様には旦那《だんな》様方のお相手をしていただくことになるかと」

「それは、話し相手ということでいいのかしら？」

「左様でございます。オスカー様はお仕事がお忙しく、お食事の時間も不規則です。旦那様方とのお食事にも毎回ご一緒できるかわかりません。その場合は若奥様お一人となってしまわれるのですが……」

「なんだか責任重大で気が重いけれど、やるしかないのよね……」

トーランド公爵令息夫人として、恥ずかしくない対応を取らなければならない。

「屋敷の準備が整ったら、私も直接自分の目で確認したいの。教えてもらえるかしら？」

「かしこまりました」


次の日の夕方になって、ベルから屋敷の支度が整った旨《むね》の知らせを受けた。

私は早速《さっそく》屋敷の玄関から廊下、食堂や公爵夫妻が宿泊されるはずの寝室に至るまでを確認する。

嫁いだ時からずっと気になっていたことなのだが、全体的に屋敷の雰囲気《ふんいき》がどんよりと暗いのだ。

カーテンなどの色使い故なのだろうか。

「ねえアンナ。玄関を入ってすぐのところに、お花を生けたいのだけれど。屋敷のお庭に咲いているお花をいくつか切り取ってもいいかしら？」

「お花……でございますか。ええ、もちろんそれは全く問題ございません」

「この家はなんだか薄暗い雰囲気が漂っているのよね。玄関を入ってすぐに何か目を引くものが欲しいの」

「確かに……奥様が体調を崩されるまではよくお花を生けておられたのですが、このお屋敷を空けることが多くなられてからはすっかり……私もそこまでは気が回っておりませんでした」

私はアンナの許可を得て庭へ出向く。

そして色鮮やかに咲き乱れている花々の中でも、とりわけ明るい色合いのものをいくつか切り取った。

それを花瓶に生けると、屋敷の玄関へ飾っていく。

「これだけでだいぶお屋敷の印象が変わりますね、若奥様。玄関が華やかになりましたわ」

「そうね。想像以上で嬉しいわ。でもあと一つお願いがあるのだけれど……」

「なんでございましょう？」

「日中お部屋のカーテンのレースを閉め切っていることが多いでしょう？　せっかくお天気のいい日に光を遮ってしまっては、もったいないと思うの」

アンナは目を瞬《また》かせ、一瞬驚いたような表情を浮かべた。

「確かに……そちらも奥様が以前頭痛を訴えられていたため、閉め切るよう習慣づいてしまっておりました」

「公爵夫人は、今はもうお元気なのよね？」

「はい。普通のお方に比べて少しお身体《からだ》が弱い時がありますが、以前のようにお倒れになることはありません」

「それならば、凝り固まった習慣を変えていく必要があると思うわ」

この屋敷の時間は、オスカー様の幼い頃《ころ》で止まってしまっているような気がする。

なぜだかわからないが、彼のためにも止まったままの時間を動かす必要があると私は感じていたのだ。


「今戻った……と、これは一体……？」

その日の夜遅くに帰宅されたオスカー様は、玄関に入るなり目を丸くする。

その視線の先には日中飾られた色とりどりの花が。

唖然《あぜん》としてその場に立ちすくんだままの彼に、私は声をかけた。

「おかえりなさいませ。公爵ご夫妻がいらっしゃるというのに、なんだか玄関が寒々としているのが気になりましたの。きちんとアンナの許可は取っておりますわ」

「き、君は……まだ起きていたのか？　先に寝ていて構わないというのに……」

「あなたへの個人的な感情は別として、オスカー様はトーランド公爵家のためにお仕事をなさっているというのに、今考えてみれば一度もお出迎えをしていないのは私が間違っておりました。申し訳ございません。これからはできる限り、お見送りとお出迎えはさせていただきたいのです」

オスカー様はその大きな目をさらにこぼれ落ちそうなほどに見開くと、しばらくそのまま固まった。

「……あのう、オスカー様？」

「……」

顔を覗《のぞ》き込みながら呼びかけるが反応はない。

「オスカー様！」

今度は耳元で大きな声で呼んでみる。

するとビクッと驚いたかのように体を震わせた。ようやく意識が戻ってきたらしい。

「あ、あ、ああ……」

「なんてお顔をされているのですか。それになぜそんなに掠《かす》れたお声なのです」

「いや、あまりに色々と驚いて情報の整理が……」

「情報の整理？」

オスカー様の言っている意味がわからず、私は怪訝《けげん》な顔を向ける。

「君は……このトーランドの家のことが嫌いであると思っていた」

「確かに初夜で失礼な対応は受けましたが、それはあなたに限ったこと。トーランド公爵家の皆様は親切です。このお屋敷でお世話になる以上は、皆様のために働こうと決めましたので」

「……礼を言う。ありがとうセレーナ」

「えっ……」

素直に感謝の気持ちを伝えられた私は予想外のオスカー様の反応に驚き、つい彼の顔を見つめてしまった。

「っ……」

オスカー様の顔は真っ赤になっていた。

私と目が合うと慌てたように視線を逸《そ》らし、口元に手を当てる。

「……どうかなさいましたか？」

「な、なんでもない！　私は着替えて夜食をとってくるから、君はもう寝て構わないからな」

「かしこまりました。おやすみなさいませ」

「あ、ああ。おやすみ」

捲《まく》し立てるようにそう告げると、オスカー様は私の顔も見ずに早足で通り過ぎ、自室へと向かっていってしまった。

「……なんだか本当に残念なお方ね」

アンナが話していたことの意味が少しわかったような気がする。

食事を共にし始めた頃から、根は悪い人ではないのかもしれないというのは薄々わかっていた。

だが何しろ言葉が足りないし、何を考えているのか本心が全く読めない。

たまに発する言葉もどこか選択を間違えたようなものになっており、そのせいであらぬ誤解を生んでしまいそうだ。

それでも以前よりは言葉選びに注意しているように見える。

あの舞踏会以来の彼の態度で、『思っていたよりもオスカー様は私のことを嫌っていないのかもしれない』、と思い始めている私。

あれほど嫌っているかのように思えた黒髪も、今ではほとんど気にしていなさそうに見える。

一体、彼の中でどのような変化があったのだろうか。

――それでも、オスカー様がエリーゼ様をお慕いしているという事実は変わらないのだわ。

その事実がある以上、私にトーランド公爵家に残るという選択肢はない。

早くもトーランド公爵令息夫人となって三ヶ月が経《た》とうとしていた。

来年の今頃は既に私の姿はこの屋敷にないだろう。

トーランド公爵家にも、新しい公爵令息夫人が迎え入れられているかもしれない。

その頃私はどのような人生を歩んでいるのだろうか。

「ごめんなさいね、突然こちらに戻ってきて。色々と支度が大変だったと聞いたわ。私たちは適当にやっているから、気にせずに過ごしてちょうだい」

翌日の午後。

オスカー様がお話ししていた通り、トーランド公爵夫妻が屋敷に戻ってきた。

夫人は顔色も良くすこぶる健康そうだが、かつての病弱であった時期が影響してか、公爵は夫人の世話を甲斐甲斐《かいがい》しく焼いている様子。

「いいえ、こちらの方こそお顔を出すこともせずにご無沙汰《ぶさた》してしまい、申し訳ございません。せっかくいらしたのですから、ごゆっくりしていってくださいませ」

「いやぁ、本当にありがとう。我が家に嫁いでもらっただけでも感謝だというのに」

最初は身構えていたものの、トーランド公爵夫妻は親切でいい方たちに見える。

結婚三十年ほどは経っているはずだが、未だに二人の仲は良好だ。

……というよりもむしろ良好すぎるほどで、時折目の毒なのだが。

これがあのオスカー様のご両親かと思うとなんだか不思議な気もするが、やはりアンナが話していた幼少期の体験が関係しているのだろうか。

「玄関にお花が飾ってあるのを見て、昔を思い出したわ。一気に屋敷が明るくなるわね」

「そちらは若奥様のご配慮でございます」

すかさずアンナがフォローを入れてくれる。

「まあ、そうなの。ありがとうね」

早速私の手がけたお花に気づいてくださり、行動に移した甲斐があったと嬉しくなった。

「それにしても、オスカーはいないのかしら？」

「オスカー様でしたら、今は王太子殿下からのお呼び出しで王城に行っております。夕刻までには戻られるはずですので、夕食はご一緒に召し上がることができるかと」

するとトーランド公爵夫人は心配そうな表情を浮かべた。

輝くような透き通る白銀の髪に真っ白な肌。今にも消えてしまいそうなほどの儚げな女性。

まさにオスカー様が話していた女性像そのものである。

そんなことを考えながらぼうっと公爵夫人の姿を眺めていた私は、公爵夫人の言葉でハッと我に返る。

「あの子は休む暇があるのかしら？　あなたがオスカーに執務を任せきりにしているのではなくて？」

夫人が睨《にら》むように目をやると、公爵はとんでもないとばかりに慌てて首を振る。

「私は私でやるべき執務をこなしているとも。そろそろあいつが次期公爵の座に就くだろう？　その前にきちんと手筈《てはず》を整えておかなければ。私とて公爵になる前は父に厳しくしごかれたものだ」

「それはそうですけれど……私はあの子が身体を壊さないかが心配です」

「私は、君がまた倒れてしまうのが怖いのだ。あの時私は執務にかまけて君のことをアンナたち使用人に任せきりにしてしまっていた……その汚名を返上させてくれ」

トーランド公爵はそう言うと夫人の手を取った。

どことなくオスカー様の面影を感じる公爵は、長身で年齢を感じさせない見た目だ。

――なるほど。それで公爵は恐ろしいほどに夫人の世話を焼いているというわけね。

「本当にごめんなさいね、セレーナちゃん」

……ん？　セレーナ、ちゃん？

「い、いえ……奥様のせいではありませんので」

「いやあね、セレーナちゃんも奥様でしょう？　お義母様《かあ》と呼んでほしいの。オスカーの下に娘が一人いるけれど、少し前にお嫁に行ってしまったから……。新しい娘ができて嬉しいわ」

そう言ってにっこりと微笑《ほほえ》む公爵夫人……お義母様の表情に嘘《うそ》は見られない。

恐らく心からの本心でそう言ってくださっているのだろう。

ここで断るほど私は空気の読めない女ではない。

「……それではお言葉に甘えて……お義母様」

「改めて、これからよろしくお願いね」

「は、はい……」

お義母様は嬉しそうに笑った。

不覚にもその表情にときめきそうになる。

オスカー様の理想が高くなる原因はこれか……と少し彼のことがかわいそうになった。

「オスカーが何か迷惑をかけたりはしていないかい？　あいつはあの歳まで全く女っ気もなくきてしまったものだから……きっと女心がわかっていないのではないか？」

「い、いえ……そのようなことは……」

おたくの息子さんは、早速初夜でやらかしましたとは口が裂けても言えず。

「親の欲目かもしれんが、本来根は優しくいい子なのだ。だがなにせ言葉選びが悪く、空気が読めないというか……どこか考えが凝り固まったところがあってな。あの子に寄り添うことができなかった私たちの責任だ。母親の愛が必要な時にあの子を一人にさせてしまったことも、未だに後悔している。できれば再びあの子との距離を縮めたいのだが……」

公爵は苦しげな表情を浮かべた。

「あの子はどこか私たちに距離を置いているようなの……。一人で殻に閉じこもるあの子のことが心配で、せめて愛する家族を持ってほしいと結婚を勧めていたのだけれど……頑《かたく》なに拒否をされてばっかりで。でもさすがにもう年齢が年齢でしょう？　今回ばかりは強引に結婚を取り決めてしまったの。あなたには突然のお話で、驚かせてしまったかもしれないわ」

きっと公爵夫妻は夫妻なりに、オスカー様のことを思っているのかもしれない。

ただその方法が彼にとって最善であったのかはわからないが。

何にせよ親子がすれ違ってしまっているのは悲しいことだ。

「いいえ。こちらこそ、不束者《ふつつか》ですので……」

「とんでもない！　初めてあなたの姿絵を目にした時に、なんて意志が強そうで美しい子かしらと思ったわ。おまけに必要な教育は既に終えているというし、完璧な淑女であるともね」

オスカー様が見ていなかった姿絵を、義両親がしっかり目にしているとはなんとも複雑な気持ちになる。

「あの、つかぬことをお聞きしますが……オスカー様にはこれまで恋人らしき女性は一人もいらっしゃらなかったのでしょうか？」

「オスカーに？　まさか。あれじゃあ女性の方からお断りだわね」

「その……王太子妃のエリーゼ様と、幼馴染《おさななじみ》であったとお聞きしたのですが」

するとお義母様はああ、と一瞬目を丸くしてあっけらかんとこう答えた。

「エリーゼ様とオスカーは、ただの幼馴染であってそれ以上の関係ではないわよ。幼馴染といっても、むしろエリーゼ様はオスカーのことを弟として見てくださっているから」

「そうなのですね……」

「オスカーが何か言ったのかしら？　でもあなたが心配するようなことは、本当に何もないから安心して」

お義母様はそう言うと、私の目をまっすぐ見つめて頷《うなず》かれた。

その言葉に嘘はないようなのだが……。

オスカー様の発言をお伝えできるような雰囲気ではなくなってしまった。

私は再び不完全燃焼のまま会話を終わらせたのである。


「オスカー、かなりやつれた顔をしているのではなくて？　やはり執務が大変なの？　お父様にもう少し負担していただいた方がいいわ。ね、あなた？　手を抜けるところは抜くようにしないと、オスカーが倒れてしまうわよ」

「大丈夫です、母上。お気になさらず」

その晩、珍しく早めに帰宅されたオスカー様を交えて私たちは食卓を囲んだ。

オスカー様もご両親と会うのは結婚式以来のようだ。

お義母様は息子を心配して色々と気にかけているようだが、肝心のオスカー様は素っ気ない態度。

綺麗《きれい》な所作で淡々と食事を口に運んでいる。

彼と公爵夫妻の間に距離があるという話は、あながち間違っていないようだ。

「それにしても……なんだか食堂の雰囲気も変わったかしら？　温かみが増したというか……この椅《い》子《す》もクッションがあって座りやすいわ」

「お義母様が長時間お座りになっても身体が痛くならないように、急遽クッションを用意させたのです」

お義母様は非常に華奢《きゃしゃ》な方であるとアンナから耳にしていた私は、使っていない部屋に放置されるように置いてあったクッションを綺麗に洗い、食堂の椅子に敷いたのである。

「本当にセレーナちゃんは気が利くのね。うちの男性陣とは大違いだわ。ねえあなた」

「うっ……すまない」

お義母様にそう指摘された公爵は、苦虫を噛《か》み潰《つぶ》したような表情を浮かべた。

「既にアンナから聞いているとは思うけど、私は二十年ほど前に大病をしたの。そこにいるオスカーが四歳くらいの時だったかしら」

「はい、存じております」

「その頃はこの人ったら仕事一筋で家庭のことなど顧みなくてね。私のこともオスカーのことも、屋敷の人たちに任せきりで」

今の公爵の様子からは全く想像もできないほどであるが、当時の公爵は病弱な妻と子を放っておいたらしい。

「そうしたら、思いの外《ほか》私の具合が悪くなってしまって。一時は命も危ういかもしれないと言われてしまったの」

「それは初めてお聞きしましたわ」

「その知らせを聞いたこの人の顔といったら……思い返しても笑ってしまうわ。それからは人が変わったようにお見舞いに来てくださるようになって」

ちら、と公爵の方を見ると、公爵は少し顔を赤らめながら食事を口に運んでいる。

「でもその分オスカーには寂しい思いをさせてしまったから……口ばかりで何もこの子のためにできていなくて。無理矢理にでも一緒に過ごす時間を作って、もっとこの子の話を聞いてやればよかった」

「私なら気にしておりません母上。もう私も大人《おとな》ですので」

「だからセレーナちゃんがオスカーのところにお嫁に来てくれて、本当に嬉しいわ」

「せ、セレーナちゃん⁉」

知らぬ間に母と妻が仲良くなっていたことに驚く様子を隠せないオスカー様は、裏返ったような大声を出した。

「やあね、そんな大声を出して。さっきからセレーナちゃん、って呼んでいたじゃない。聞いていなかったの？」

「……失礼いたしました。ぼうっとしていたようです」

「あなたには、幸せな家庭を持ってほしいのよ。でもまだ新婚さんですものね。私たちとしてはいつでも大歓迎だけれど、あなたたちのタイミングで頑張ってね」

そう言うとお義母様はニッコリ笑った。

「あの、頑張るとは、何を……？」

「子作りよ」

スパッと言い切るお義母様の正面で、ぶっ！　と何かを吹き出したオスカー様。

「え、ちょ!?　オスカー様何をしているのですか!?　汚い……」

「し、仕方ないだろう……！　母上がおかしなことを言い出すものだから……」

口に含んでいたスープを吹き出したであろうオスカー様は、控えていた侍女からナプキンの替えを受け取り慌てて口を拭く。

「突然やってきたかと思えば、おかしなことを……そのようなことはやめていただきたいです母上」

「あら、おかしなことではないでしょう？　あなただってもうすぐ二十六になるというのに。トーランド公爵家の跡取りは、あなたしかいないのだから」

まあ、私をこの家に嫁がせた目的は跡取りを産んでもらうということ。

公爵夫妻が一刻も早くオスカー様との子どもを、と望む気持ちはわからないでもない。

だが厄介《やっかい》なのは、私たちの間に子どもが生まれることはあり得ないということである。

そもそも閨《ねや》を共にしていないのだから、子どもなどできるはずがないのだ。

――来年の今頃は離縁しているはずだとお伝えしたら、お義母様は再びお倒れになってしまうかしら。

ああ。色々と面倒だ……。

そんなことを考えているうちに、満腹になったことも相まって欠伸《あくび》が出そうになった。

さすがに公爵夫妻の前なので、ナプキンで鼻から下を押さえて欠伸を噛み殺す。

そしてそのまま涙が滲《にじ》んだ目元をサッと押さえて、何事もなかったかのように食事に戻った。

しかし、何の気なしにちらっとオスカー様の方に視線を向けると、彼がギョッとした顔で私を見つめている。

しまった、欠伸を見られたのか。……まあいいだろう。

私は素知らぬ顔でグラスを傾けた。

「……お言葉ですが母上、セレーナはまだ嫁いできたばかりの身。環境が変わり慣れるだけでも精一杯なのです。これ以上彼女を追い詰めるような発言はおやめください」

するとオスカー様は、お義母様を窘《たしな》めるような発言をしたのだ。

お義母様はパチパチと瞬きを繰り返して驚いたような様子を見せる。

「あ、ああ、そうね……私ったらごめんなさい。あなたたちが決めることですものね。セレーナちゃん、今の言葉は忘れてちょうだい」

「いえ、お気になさらず……」

オスカー様がこのような発言をしたことは正直意外であった。

今までの彼ならば、お義母様の言葉をのらりくらりと相槌《あいづち》を打って流してしまいそうだからである。

ハッキリとお義母様の言動を制する態度に私は戸惑うと共に、なぜか胸が苦しくなった。

このお方がエリーゼ様のことをお慕いしていなかったならば。

そうしたら今頃は気まずさを残しながらも和解し、やがては仲睦まじく公爵令息夫妻として暮らしていたのだろうか。

私の望んでいた未来がそこにはあったのかもしれない。

結局それから食卓が何とも微妙な空気になってしまい、その日は早めのお開きとなった。

どっと疲れが出た私は足早に自分の部屋へと戻ろうとしたのだが、廊下で突然オスカー様に呼び止められる。

「セレーナ、今少しいいだろうか」

「……明日ではいけませんの？　私疲れてしまって」

「手短に終わらせる」

廊下で言い争いになって公爵夫妻や使用人たちに聞かれたら困るので、初夜以来遠ざかっていた夫婦の寝室に渋々足を踏み入れることにする。

すると、目の前の光景に驚いた。

「え……」

「どうかしたか？」

「オスカー様、あなたはここでお休みになっていたのですか？」

あの初夜の日に私がこの部屋を飛び出してからというもの、夫婦のために用意された寝室は使われていないものだと思っていた。

私と同じように、オスカー様もご自分の寝室で眠っているのだと。

しかし今、目の前に広がるそこは、確かに人に使われている気配を感じる。

私の問いに対してオスカー様は気まずげな表情を浮かべると、こう告げた。

「ああ……あの日以来私はここで眠っている」

「なぜですか……？」

「いや……こんなことを言ったら気味悪がられる」

「構いません。話してください」

「……君がいつ戻ってきてもいいように……と思って……」

最後の方は声が小さくなりよく聞こえなかったが、オスカー様の顔は真っ赤になっている。

「……」

「すまない、気持ちが悪いだろう？　忘れてくれ」

私は何と答えればいいのかわからず、言葉が出てこない。

オスカー様は私のその態度を呆《あき》れからくるものであると勘違いしたようで、ガックリと肩を落とした。

「いいえ……私の方こそ、変なことを聞いてしまって申し訳ございません。……それで、お話ししたいこととはなんですか？」

この、いやに気まずい空気をなんとかしたくて、私は咄嗟《とっさ》に話題を変えた。

私の発言にオスカー様は少しホッとしたような表情を浮かべると口を開く。

「君に謝りたいと思ってだな……母が無礼なことを言って、すまなかった」

そう言ってオスカー様は頭を下げたのだ。

なんだ、そんなことかというのが私の正直な感想だ。

「私、別に気にしておりませんわ」

「だが……君は……」

「なんですか？」

「君は泣いていたではないか！」

私がいつ泣いていたというのか。必死に先ほどの食事会での記憶を手繰《たぐ》り寄せる。

そしてある一つの可能性に至った。

もしや。

「……あの、私泣いておりません」

「なんだって!?　いや確かに君は涙目になって、ナプキンで目元を覆っていたではないか！」

やはりあの瞬間を見られていたのか。

「まさか……あれは、目にゴミが入っただけですわ」

さすがに欠伸をしていたと話せる雰囲気ではなく。

私は咄嗟に嘘をついて誤魔化《ごまか》した。

「……本当にそうなのか？　私に気を遣って言っているのでは……」

「あなたに気を遣う必要などありません」

「だがしかし……」

「どうせ離縁するのですし、気にしておりませんから大丈夫です。オスカー様ももう忘れてくださいませ」

こんなことが言いたかったわけではないのにまた強気なことを言って、つくづく可愛げのない女だ。

気まずさを誤魔化すかのように寝室から出ようとオスカー様に背を向けた私に、まだ何か言い足りないのかオスカー様は再び口を開いた。

「そのことなのだが」

「……」

「私はずっと、君に誤解させてしまっていた」

「何のことですか？」

「私はエリーゼ様のことを好きではなかったのだ！」

オスカー様の大きな声が部屋中に響き渡り、私たちを取り巻く時間が止まったように感じる。

突然告げられた内容が、私の頭の中でぐるぐると回った。

「……今なんと？」

「私はこれまでずっと、エリーゼ様への気持ちは恋だと勘違いしていた……。今まで恋だと思っていた気持ちは単なる憧れと忠誠によるものであったと、ようやくわかったのだ……」

「私には、おっしゃっている意味がよくわかりません」

「今話した通りの意味だ」

全く意味がわからない。

初夜の日にあれほどエリーゼ様のことを私に話しておきながら、実はあれは勘違いで恋ではなかったと？

十代の少年ならまだしも、二十をとうに過ぎた男性の台詞《セリフ》とは思えない。

「ふざけるのはいい加減にしてください。私のことを馬鹿《ばか》にしているのですか？」

「そのようなつもりはないっ……」

「信じられません」

「信じてくれなくとも構わない……だがこれは事実なのだ」

オスカー様は両拳《こぶし》をぐっと握り締めながら俯《うつむ》く。

「それほど閨を共にしたいのですか？」

「……は？」

「エリーゼ様のことを誤魔化してまで私の機嫌をとって、そこまで夫婦の営みをご希望ですか？　だから寝室に誘い込んで……」

「何を言って!?　違う！」

「それならばなぜ、あの初夜の日にそうおっしゃらなかったのですか？」

「あの時はまだエリーゼ様への気持ちが恋であると勘違いしていて……」

「それではどうしてようやく今になって恋ではないと気づいたのですか？　……本当に意味がわかりません」

「話せば長くなる……だが、とにかく君は誤解をしている！」

「私こそ、あなたが何を考えているのかさっぱりわかりません。ただあなたの行動は、私を馬鹿にしているものばかりですわ」

今度こそじわり、と本当に涙が出てきた。

惹《ひ》かれていたお方だからこそ、お互い誠意を持って夫婦として結ばれたかったというのに。

「っ……セレーナ、泣かないでくれ」

「……っ!?」

次の瞬間、私はオスカー様に抱き締められていた。

ぎゅっと抱き締められた胸板は、思っていたよりも男性のそれである。

爽《さわ》やかな香水の香りが鼻をかすめ、私は気がおかしくなりそうになった。

再び彼のことを男性として意識してしまいそうになる。

オスカー様の気持ちがわからない。

これほどまでに仲が拗《こじ》れる原因となった発言の数々を、今になって彼は否定し始めている。

それが本心からくるものなのか、それとも偽りなのかが私にはわからないから怖いのだ。

「っ……」

気づけば私はオスカー様の胸元をドンッと強く押していた。

あれほど密着していた二人の身体は、いとも簡単に離れていく。

「セレーナ……すまない……」

私は背中から聞こえるオスカー様の謝罪に振り向くことなく、走るようにして夫婦の寝室を出ていったのである。

第五章　近づく距離

翌朝、いつもの食堂にオスカー様のお姿はなかった。

アンナに聞けば仕事が忙しくゆっくり朝食をとる時間もないのだとか。

昨晩の出来事の後だったので気まずさが勝っていた私は、むしろちょうどいいと思っていた。

昨日の今日で顔を合わせて何を話せばいいのかわからない。

そんなことを考えながら、公爵夫妻とたわいもない会話をして食事をとっていたのだが。


「……今日もこんなに朝早くからオスカー様はお仕事なの？」

それから三日経《た》ってもオスカー様のお姿はなく。

毎朝一緒に食事をとっていたものだから、数日彼がいないだけでなんだかいつもと違うような気になってしまう。

あれから公爵夫妻は当初の予定を早めて別宅へと戻ってしまったため、結局オスカー様が両親と顔を合わせたのはあの夕食の一度きりであった。

まさか先日私がオスカー様を突き放してしまったせいで、彼は怒っているのだろうか。

そんな心配まで頭をよぎるようになる。

「アンナ？　聞こえている？」

「……はい。オスカー様は本日もお仕事でございます」

珍しく歯切れの悪いアンナの返答に、私は違和感を覚えた。

「アンナ、オスカー様は本当にお仕事なの？」

「は、はい。ここ最近はかなり執務が滞っているようでして……」

アンナは目に見えて動揺し始めるが、あくまでオスカー様は仕事であると言い張った。

明らかにおかしい。

第一、元々昼食と夕食はオスカー様のお仕事のため別々なのだ。

朝食の間まで仕事をしていたら、この三日三晩ほとんど仕事しかしていないことになる。

「私、オスカー様のところに行ってみようかしら」

「ええっ⁉　それは……おやめになった方がよろしいかと……」

「なぜ？」

「いえ、その……」

いつもハキハキとしているアンナにとって、この反応は珍しい。

これは絶対に何か理由があるはずだ。

「あなたが何も言わないのならば、私が直接オスカー様のところへ行って真実を確かめるわよ？」

するとようやくアンナは観念したのか、おずおずとこう告げた。

「実は……数日前よりオスカー様は体調を崩されておりまして……」

「体調を？」

「医師からは過労がたたったせいだと言われているようですので、流行《はや》り病などではございません。ただお熱がなかなか下がらないようで」

「それで今オスカー様は、お休みになっておられるの？」

「恐らく……。体調を崩されてからはご自分の部屋でお休みになっておられるのですが、最低限の食事などを持ってくる者以外は誰《だれ》も立ち入らぬようにと……」

「……私、やはりオスカー様のお部屋に行くわ」

なぜだかわからないが、勝手に身体《からだ》が動いていた。

思えばオスカー様のお部屋に立ち入るのはこれが初めて。

私はアンナの付き添いを断ると一人で廊下を進み、屋敷の中でも一際重厚な扉の前で立ち止まった。

なぜ来たのかと思われるだろうか。

初夜以来オスカー様のことをあれほど邪険に扱ってしまってきたというのに、今更何の用かと思われるかもしれない。

――それでもいいわ。そうなったらその時よ。

私は深呼吸をして扉に手をかけると、ゆっくりと回しながら押していく。

扉に鍵はかかっていないようで、ガチャリ……と音を立てながらゆっくりと開いた。

意外なほどに整えられている清潔な室内は、人気《ひとけ》を感じさせないほど静まり返っている。

音を立てぬよう静かに部屋の中央に置かれた寝台へと足を進めると、横たわる人のような影が見えた。

「……オスカー様」

そこにいたのはまさしくオスカー様なのだが、顔色は悪くグッタリとした様子で目を瞑《つぶ》っており、呼吸も荒い。

いつもは綺麗に整えられている金髪もぐしゃぐしゃになって顔にかかっており、私が来たことにも全く気づいていない。

そして枕の傍《かたわ》らには大量の書類の山。

体調を崩してからも、寝台の上で執務をおこなっていたということなのか。

そっと額に手を載せるとひどく熱く、アンナの話していた通りまだ熱があることがわかった。

すると人の気配を感じたのだろうか。オスカー様が身じろぎ呻《うめ》くような声を上げる。

そして手で額を押さえながら薄目を開けた。

「う……誰だ？　誰も立ち入らぬようにと声を……っ!?」

視界に私の姿をとらえたのだろう。

オスカー様は一瞬目を見開くと、そのまま再び目を閉じてしまった。

「ついに幻まで見るようになってしまった……私はもう終わりかもしれない……。夢ならば覚めないでくれ……」

どうやらこれは夢だと勘違いしているらしい。

「オスカー様」

「ああ、近頃の夢は会話もできるのか。何と素晴らしい」

「オスカー様！」

埒《らち》があかないので私は少し大声で彼の名前を呼んだ。

するとハッとしたようにオスカー様が目を開け、その青い瞳《ひとみ》で私の方をじっと見つめる。

……あまりに直視されすぎて穴が開きそうだ。

「まさか……本物……」

「人を化け物みたいな言い方しないでください。これは夢ではありませんし、私は本物のセレーナですわ」

「本物……」

熱で頭でもおかしくなったのだろうか？

いや、元々おかしい人ではあるのだが。

「私から離れた方がいい。もし何かうつるものであったら……」

ようやくこれは現実であるとわかったオスカー様は、今度は私の心配をし始めた。

そんな病人の格好で何を言い出すのか。

「アンナは疲れからくるものだと話していましたわ。私なら大丈夫です。まずはご自分の心配をなさってください」

「しかし……」

「大体、この枕元にある書類たちは一体なんなのですか？　まさかそのお身体でお仕事をされていたのですか？」

私の指摘に、困ったというような表情を浮かべるオスカー様。

恐らく見つかりたくはなかったことなのだろう。

「どうしても終わらせたいものがあってだな……」

そう言いながら小さく丸まってしまう彼の姿は、いつもの公爵令息としての振る舞いからは程遠い。

私は別にオスカー様を怒りたいわけではないので、少し声色を和《やわ》らげて問いかけた。

「なぜあなたがそこまで無理をなさるのです？　あなたは公爵令息の身。本来ならば公爵であるお義父《とう》様がおこなうべきではないのですか？」

「……確かにそうかもしれない。だが私は母上が幸せそうに笑っていてくれるのならば、その分自分が頑張ればいいと思って……」

「お義母《かあ》様が……？」

「ああ。父は忙しかった頃、ほとんど屋敷には寄りつかず、母はいつも寂しそうにしていた。そのせいで病になってしまったのかと思うと……私は再びあのようなことにはなってほしくないのだ。私が頑張れば、家族が幸せでいられる」

オスカー様はお義母様のご病気が寂しさからくるものであったと、幼心に勘違いしていたらしい。

そしてトーランド公爵一家の幸せは、全《すべ》て自分の手にかかっていると思い込んでいるようだ。

「私、お義父様にお手紙を書きますわ」

「……手紙だって？　父に？」

「ええ。あなたのお仕事を減らしていただくよう、お願いいたします」

「そのようなこと、君にさせるのは忍びない……」

「あなたの方からお義父様にお伝えできるとは思えません。私がお伝えしますわ」

私の強い意志を汲《く》み取ったのか、オスカー様はそこから口を閉じた。

「とにかくゆっくり休んでくださいませ。あなたが倒れてしまっては、トーランド公爵家が回らなくなってしまいますよ？　また悲しい思いをアンナたちにさせるのですか？」

「……わかった」

「書類は没収ですわよ。とにかく寝るのです」

私は彼の枕元の書類をかき集めて纏《まと》めると、机の上に置いた。

「何か飲み物と、額に載せる冷たいタオルを持ってきますわね」

「だ、大丈夫だっ……そのような手間を君にかけさせるわけには……」

「起き上がらないでください！　私なら大丈夫ですから」

半刻後《はんとき》、冷たい果実水と冷やしたタオルを持ってオスカー様のお部屋へ再び戻る。

すると彼はすうすうと寝息を立てて眠っていた。

強制的に仕事を取り上げたことで気が緩んだのか、久しぶりに熟睡できているようだ。

――こうしてみると、本当に絵本の王子様のようね。

眠っている顔はあどけなく、実際の彼の年齢よりかなり幼く見える。

形のいい唇に高い鼻、輝かんばかりの金髪の彼はこの国の王族をも凌《しの》ぐオーラがあるだろう。

……中身がかなりの厄介《やっかい》者であることは予想外すぎるのだが。

私はそっとタオルを額に載せる。

するとその冷たさは想像以上の刺激となってしまったらしく、オスカー様は目を開けた。

「申し訳ございません。起こしてしまいましたか？」

「いや……ちょうど眠りが浅くなっていたのだろう。君のせいではない。……タオルをありがとう」

「ここにお水を置いておきますね。では私はこれで失礼いたします」

私はそう言ってオスカー様に頭を下げると、部屋を出ていこうと踵《きびす》を返す。

するとその時。

「待ってくれ……君にきちんと話しておきたいことがあるんだ……」

「え……」

「私の話など聞きたくないだろうが……頼む、これだけは聞いてくれ……」

オスカー様は絞り出すような声でそう言うと、ふらふらと身体を起こそうとするではないか。

「ちょっと！　何をやっているのですか、まだ横になっていないと……」

私は早歩きでオスカー様の元へと戻り彼を横たわらせ、それを確認すると近くに置いてあった椅子《いす》に腰掛けた。

「わかりましたわ。聞きますから、もう無理はなさらないでください」

それからオスカー様はぽつりぽつりとあの初夜の出来事について話し出したのである。


オスカー様のお話によれば、エリーゼ様にいじめから助けてもらったことで芽生えた憧れや忠誠心を、恋心であると勘違いしていたのだとか。

つまり彼は最初からエリーゼ様に恋などしていなかったのである。

「……私には未《いま》だに信じられません……」

「あの時の私の発言では、そう思われても仕方ないだろう……だが信じてほしい、事実なのだ……」

「……」

「エリーゼ様が他《ほか》の男と話しているのを見ても、嫉妬《しっと》で気が狂いそうになったことなどないんだ」

「……今なんと？」

はっとオスカー様は自らの口を手で塞《ふさ》いだ。

「今の発言は聞かなかったことにしてくれ……」

「はい……？」

なんだかよくわからないが、とにかくオスカー様がおっしゃっていることは本当らしい。

そして驚くことに、オスカー様は黒髪を毛嫌いしているわけではなかったのだ。

「売り言葉に買い言葉で、咄嗟《とっさ》にそう言ってしまった。……すまない、君をここまで傷つけてしまうとは思いもせずに。言い訳になるかもしれないが、私はこの歳《とし》まで女性経験もない……。君の気持ちも考えずに色々とやらかしてしまった……」

「……あの、またお聞きしますが今なんと？」

「ん？」

「女性経験が、ない……ですって？　そのお顔で？」

まさか。

一度に与えられる情報量が多すぎて、頭がついていけない。

これほどまでに見目麗《うるわ》しい公爵令息が、女性に関しては未経験だなんてそんなことあり得るのだろうか。

さすがにエリーゼ様と……ということはないだろう。

だが今まで女性と一つもそのような浮名を流すことも無かったというのなら驚きしかない。

「……悪いか。今まで好きになった女性などいなかったのだから仕方がない。エリーゼ様への恋心は勘違いだったのだから」

「ですが貴族の息子なら、娼館《しょうかん》の一つや二つ……」

「あんなところ、恐ろしくて行けるわけがない！」

「そうなのですか……」

「私は今まで誰かを愛することなどないと思っていた。だが今は違う。一人の女性とゆっくり愛を育《はぐく》みたい……」

「ゆ、ゆっくり愛を……」

オスカー様の口から飛び出す少女のような願望に、私は目眩《めまい》がしそうになる。

「では、初夜の件は全てが誤解であると。そうおっしゃいたいのですね？」

「……ああ。面目ない……本当ならばあの場ですぐに訂正し謝罪していれば、ここまで厄介なことにはならなかったかもしれないというのに……すまなかった」

具合が悪いのか、申し訳ないという気持ちのせいなのかわからないが、オスカー様のお顔は真っ青だ。

「……となると、オスカー様は黒髪がお嫌いではないということなのですか？」

ここで私はずっと気になっていたことを口にする。

「実は、幼い頃に私をいじめてきた貴族の子どもが黒髪だったんだ。だから黒髪に対して少し苦手意識があったのは事実だ。だが君の髪色が嫌いだとかそんなことは一切思ってはいない……」

「そんな……」

「すまない……本当に全ては私の言葉の至らなさが原因だ」

これまでの私の努力は一体何だったのだろうか。

オスカー様にこれ以上容姿を指摘されたくない一心で、これまで髪を纏めていたというのに。

初めから必要のない努力だったということなのか。

「もっと……もっと早くそうおっしゃってくだされば良かったではありませんか……嫁いできてから数ヶ月、私がどれほど辛《つら》い思いで……」

「っ……本当にすまないセレーナ……こんな馬鹿《ばか》な私をどうか許してほしい……いや、許してくれなどとは言わない。だが私は……」

「なんですか？」

そこまで話すと、オスカー様は急に黙り込んでしまった。

「……だから、その……私は……」

「？」

「私は君の……君のことが好きなんだ！」

「……え？」

私の中の時間が止まったような感覚に陥る。

今、オスカー様はなんと言ったのだろうか？

――オスカー様が、私のことを、好き……？

少し経ってようやくその事実を呑《の》み込むことができた私が彼の方をチラと見ると、オスカー様は顔を真っ赤にして布団に突っ伏していた。

ただでさえお熱があったというのに、余計に悪化させてしまったかもしれない。

「何か言ってくれ……恥ずかしくてこのまま死んでしまいそうなほどだ」

「何かって……あまりに突然すぎて……私には何も……」

何も言葉が浮かばない。

何か発さなければと口を動かそうとするが、ただハクハクと魚のように唇を動かすだけになってしまった。

「セレーナ、頼む……何か答えてくれ……」

そう縋《すが》るような眼差《まなざ》しで訴えるオスカー様の表情は切なげだ。

その表情を目にすると、胸がチクリと痛むような気がする。

だが今の私は彼と同じほどの気持ちを持ち合わせてはいなかった。

もちろん初夜の日に感じた彼に対する嫌悪感は今ではだいぶ薄れつつあるし、彼が悲しい思いをしているのを見たくはないと思うようになった。

だが、その感情を好きなのかと言われると答えに迷ってしまう。

「……私はまだ、先ほどあなたがおっしゃった初夜の発言の数々を素直に受け止められないのです。誤解していた時間があまりに長かったからでしょうか……」

「そうか……」

オスカー様は目に見えて落ち込んだように俯《うつむ》くと、ぎゅっと布団を両手で握ったように見える。

「全ては誤解だったと説明されて、はいそうですかとすぐに切り替えられるほど、心は単純ではないのです……」

「わかっている……全ては私のせいだ」

「いえ……確かに私も頑《かたく》なになりすぎていました。あなたの言葉を最後まで聞かず、途中で遮ってしまったことも多々あったので……」

「セレーナは悪くない。私が悪いのだ。そもそも私が最初にあのような発言さえしなければ……だがセレーナ、私は君と離縁したくないのだ。君のいない生活は考えられないっ……」

「オスカー様……」

するとオスカー様のお顔が先ほどよりも赤みを増しているように見えた。

再び熱が上がり始めたのだろうか。

「オスカー様、今はとりあえずそのお話は置いておきましょう。まず体調を整えることが一番ですわ。長引かせて拗《こじ》らせでもしたら厄介です」

「……ああ……」

「またあとで新しいタオルとお水を持ってくるついでに、様子を見にきますから」

私は今度こそ部屋の扉に向けて歩き出す。

そしてノブに手をかけたその瞬間、掠《かす》れ声でオスカー様が呟《つぶや》く声が聞こえた。

「セレーナ……ありがとう……」

その言葉につい後ろ髪を引かれそうになりながらも、私はオスカー様のお部屋を後にする。

部屋を出た私は、先ほどの彼とのやりとりを頭から振り払うように、トーランド公爵へ手紙を書いた。

オスカー様が置かれている現状、公爵令息という立場であるのに現在の執務の内容が重すぎること、そして彼は家族のために自分が犠牲になるべきだと考えているということを。

つい最近嫁いできたばかりの私が口出しすべき内容ではないだろう。

だがこのままではオスカー様が本当に心身共に壊れてしまう。

私はそんな切実な願いを込めて、その手紙を公爵に届けてもらうよう頼んだのである。


少ししてから再びオスカー様のお部屋を訪れると、彼はぐっすりと眠っているようだ。

私は額に載せたタオルを新しいものへと交換し、静かに退室する。

先ほどオスカー様から伝えられた気持ちのせいで私の心は落ち着かない。

――オスカー様が、私のことを……好き？

確かにここ最近の彼の態度は明らかに不自然であり、この告白と結びつければ納得するものも多い。

だが初夜の出来事があまりにショックだった私にとって、彼の思いは素直に受け止めることができなかった。

オスカー様は誰かに恋をしたことがないと言っていた。

きっとお義母様やエリーゼ様以外の女性で接する機会が多くなった私に、恋をしたと勘違いしているのではないか？

……エリーゼ様への憧れを恋心と勘違いしていたくらいなのだ。

今回の私への恋心も本気なのかどうかわからない。

もはやそんな気さえしてくる。

――オスカー様、そのお気持ちはあなたの本心なのですか……？

答えの出ない問いに頭の中を支配されてしまったため、私は結局一睡もすることができなかった。


オスカー様の体調は一週間ほどで良くなり、再び朝食を一緒にとることができるようになった。

しっかりと休息を取った彼の目の下の隈《くま》は薄らぎ、いくらか顔の血色も良くなったようである。

ようやく日常が戻ってきたと感じるほどには、オスカー様との朝食が私の生活の一部となっていたことに驚く。

「お義父様からお返事がきたのですか？」

「ああ……。まさか執務がそこまでの負担になっていたとは思わなかったと」

「それでは、お仕事は減らしていただけるのですね？」

「ああ。父が毎週こちらの屋敷に通うほか、外部からも人材を入れることにしたと手紙には書かれていた」

「それなら良かったですわ」

「不思議だな。もっと早くこうすれば良かった。こんなに簡単なことだったのに……私は全て一人で抱え込んで……」

あれからほどなくして、私の書いた手紙への返事がトーランド公爵から届いたのだ。

まさかオスカー様が自分を犠牲にしてまで公爵家のことを気にしていたこと、体調を崩すほど追い込まれていたことなどを、案の定全く知らなかったらしい。

それは公爵としてあまりに鈍感すぎるのではなかろうかと少し呆《あき》れてしまう。

慌てたような謝罪の手紙が急ぎ届けられ、近々またこちらに伺ってオスカー様と直接お話しされるとのこと。

公爵に悪気はなかったのであろうが、夫人の体調も戻っているのだからオスカー様に頼りきりなところは直していただきたい。

「君のおかげだ。ありがとう」

「そのような」

執務が減ったことで時間に余裕ができたオスカー様は、朝食だけでなく夕食も一緒にとることができるようになり。

私と彼はこれまでになく共に過ごす時間が増えていた。

「セレーナ、実は近々王家主催の舞踏会があるのだ。君にも私と共に参加してもらいたいのだが……」

「かしこまりました」

「それで、その時に着るドレスなのだが……」

「ああ、それなら……」

「既に私が用意した。それを着てほしい」

私の発言に被《かぶ》せるような勢いで、オスカー様がそう主張してきた。

「お、落ち着いてくださいませ……」

「頼む。お願いだ……」

オスカー様は、たかがドレスごときで縋るような視線を送ってくる。

ここ最近すっかり彼に毒気を抜かれてしまったかのようになっている私。

こんなはずではなかったというのに……。

だがオスカー様のエリーゼ様への恋心が勘違いであり、彼の私への言葉の数々も本心ではなかったとなれば、一年で離縁する必要もなくなってくるのではないか？

そんなことも思い始めるが、ここまで拗れてしまったオスカー様と夫婦として子を作ることができるのかと言われると、今の私にはできそうにない。

なんと強情なのだろうかと我ながら思うが、心は思い通りにはなってくれないものだ。

「わかりました。ですが今回だけですわよ」

するとオスカー様は安心したかのようにくしゃりと笑った。

「ああ、良かった。もう食べ終わっただろう？　早速《さっそく》今からドレスを見にいこう」

「え、いや別に舞踏会の日で構いませ……ちょ、オスカー様!?」

オスカー様はそう言うや否や立ち上がり、私の手を掴《つか》んで歩き出した。

「ちょっと！　皆に見られてしまいますわ」

「構わない。皆もようやく私たちが仲違《なかたが》いを終えたと安心するだろう」

「仲違いを終えたからと言って、仲睦《なかむつ》まじいわけではありませんけれども……」

そんな反論に対して、オスカー様は何も答えずに目的の部屋の前まで歩みを進めると、ゆっくりと扉を開いた。

「これは……」

「綺麗だろう？　私の瞳の色で作らせた」

そこにはオスカー様の瞳の色と同じ、透き通るような青い生地で丁寧《ていねい》に仕立て上げられたドレスがかけられていた。

細かな刺繍《ししゅう》や胸元のレースなどから、かなりの手間と予算をかけて作られたものだとすぐにわかる。

「私、こんなに豪華なドレスいただけませんわ……」

「何を言うんだ。君のために作らせたのに、君が着てくれなければ無駄になってしまう」

「ですが……」

「それから、これも」

そう言うとオスカー様はつかつかと部屋の奥に置かれた机に向かって歩いていき、何か箱を手に取った。

そしてそのまま私の目の前まで戻ってくると、静かに箱を開ける。

「君に着けてほしいと思って」

箱の中をよく見ると、ドレスと同じく青色の宝石があしらわれた首飾りに、耳飾りが並んでいる。

どれもこれもオスカー様の瞳の色だ。

「……あの……さすがにこれを全て身に着けるというのは……」

「ん？　何か問題でも？」

「いや、問題というか……」

ドレスと装飾品を全て身に着けるとなると、全身オスカー様のお色だ。

上から下まで青。

いくらなんでもそれはさすがにやりすぎではなかろうか。

どんなに仲睦まじい夫婦でも、ここまでの装いは見たことがない。

「ドレスは確かに素敵ですし、こちらを着させていただきます。装飾品も素敵ですけれど、それを全て身に着けてしまっては……」

「一体何がダメなんだ？　教えてくれ」

オスカー様は心底わからない、といった表情で軽く首を傾《かし》げている。

「……いくら夫婦とはいえ、さすがに旦那《だんな》様の色をここまで身に着けている方はいないと思うのですが」

私はできる限り言葉を選び、オスカー様を傷つけないよう諭《さと》すようにして訴える。

「ダメなのか……？」

「いや、ダメというかなんというか……」

――だめだわ、以前のようにハッキリと言い返すことができない……。

そんな顔でこちらを見つめないでほしい。

この世の終わりのような表情で俯かれては、まるで私が悪者になったような気になってしまう。

「セレーナ……お願いだ……これを身に着けてくれ……」

「……わかりましたわ。ただし、今回だけですわよ」

「ありがとうセレーナ！」

ああ、なんと自分は意志の弱い人間になってしまったのか。

あれほどオスカー様に対してしつこいくらいに怒り狂っていたというのに。

それが今ではどうした。

どうやら私は彼の悲しげな顔に弱いらしい。

「それから……王太子ご夫妻に会ってはくれないだろうか。お二人とも君にぜひ一度会いたいとおっしゃっているのだが……」

「王太子ご夫妻が……でも……」

「この前話した通り、私のエリーゼ様への恋心は勘違いであったのだ。私があのお方に抱《いだ》くのは忠誠心だけ。頼む、セレーナ……」

「……わかりましたわ」

結局オスカー様の頼みを全て聞き入れてしまった私なのであった。

「若奥様。本当に、今までで一番と言っていいほどの美しさですわ」

「いつもベルは大袈裟《おおげさ》ねぇ。でも嬉《うれ》しいわ、ありがとう」

そして迎えた舞踏会当日。

私はオスカー様の瞳《ひとみ》の色のドレスを着て、彼の瞳の色の装飾品を身に着けた状態で鏡を覗《のぞ》き込む。

「……それにしても上から下まで真っ青ね」

「ええ、確かに……それはなんとも……。ですが、それほどオスカー様のお気持ちが強いということなのでは？」

「オスカー様のお気持ち……ね……」

私は結局あの日の彼の告白に対して返事をすることができていないのだ。

話すタイミングを逃してしまった……というのは言い訳で、自分の中で結論がうまくまとまらずにいたためである。

今の私はオスカー様のことを嫌いではない。

むしろあの日彼に抱き締められ想いを告げられてからというもの、これまで以上にオスカー様のことを一人の男性として意識し始めるようになってしまった気がする。

初夜以来、頑《かたく》なに蓋をしていた気持ちが解放され始めたような、よくわからない感覚に陥っているのだ。

彼が笑うと私も嬉しい。

――もしかして、私もオスカー様のことが好きなの……？

だがオスカー様は幼い頃《ころ》から愛情に飢えている。

これまで一人で孤独に生きてきたオスカー様には、愛に溢《あふ》れた家庭を築いてもらいたい。

彼が望むほどの愛を、今の私は与えて差し上げることができるのだろうか。

そんなことを考えているうちに、結局答えの出ないまま時間だけが過ぎてしまっているのだ。

「それにしても若奥様、今日はこの髪型でよろしいのですか……？　その、いつもとは全く……」

「ええ、それでいいのよ。思い返せば、私も意固地《いこじ》になりすぎていたなと思って」

「ようやく若奥様のお美しい黒髪を、皆様に見ていただくことができるのですね」

ベルはその訳を尋ねるでもなく、私の黒髪を櫛《くし》でときながら満足げに微笑《ほほえ》んだ。

そう、私はようやく髪の毛を下ろす決心をしたのだ。

オスカー様は私の黒髪がお嫌いなわけではなかった。

それでもすぐに髪型を変えるのは戸惑われたが、ここ最近のオスカー様の態度からもあの発言に嘘《うそ》はないだろうとわかった。

正直に言えば、今日のこの姿を見て彼がどんな反応をするのかが少し怖い。

やはり思っていたのとは違ったと失望されてしまったらどうしよう。

私は震える手に力を入れて押さえながら、オスカー様の到着を待った。


「……入るぞ」

どれくらい待っただろうか。

控えめなノックの音と共に、扉がゆっくりと開く。

しかしオスカー様は一向に部屋へと入ってこない。

「オスカー様？」

疑問に思って扉の方へ声をかけると、ぎこちなく顔を覗かせながら部屋へ入るオスカー様の姿が。

「どうしたのですか？　なぜお入りにならないのです」

「いやっ……着飾った君を見るのに緊張してしまって……っ！」

オスカー様は視界に私の姿を捉えると、息を呑《の》んだように固まった。

その青い目がこぼれ落ちんばかりに大きく見開かれ、口は半開きになっている。

「おかしくはありませんか？」

そう尋ねても返事は返ってこない。

その代わりに聞こえてきたのは、嗚咽《おえつ》である。

「ちょ、オスカー様!?」

なんと彼は泣いていたのだ。

その端正なお顔をくしゃりと歪《ゆが》めながら泣く様子に、私は驚きを隠せない。

「ああ、やっと髪を下ろしてくれたのか。本当にあの時はすまなかった、セレーナ……よく似合っている」

「たったそれだけのことで泣くお方がどこにいるのですか……」

「すまない。君が全身私の色を身に着けてくれているのも嬉しくて」

「……ですが、あまりに青すぎませんか?」

「いいや、本当に美しいよ。私の見立ては間違っていなかった」

そう言っていつのまにかベルから受け取ったハンカチで涙を拭き取ると、にっこりと笑いかけてきた。

その眩《まばゆ》いほどの笑顔に胸が苦しくなる。

――ああ、やはり私も彼に惹《ひ》かれているのね。

「ありがとうございます……」

「さあ、早く馬車に乗って王城へ向かおう。私はもう待ちきれない。王太子ご夫妻もきっと君のことを待っている」

私はオスカー様に差し出された手を取ると、王城へ向かうための馬車へと足を進めたのであった。

馬車が王城に到着すると、私とオスカー様は手を取り合ったまま城の大広間へと歩みを進めていく。

通り過ぎる貴族たちは皆私たち夫婦を振り返り、何やら噂《うわさ》話をし始めた。

恐らくこの目立ちすぎる装いのせいかもしれないと少し恥ずかしくなるが、気づかないふりをしてそのまますれ違っていく。

そして私たちは大広間の中央に腰掛けた王太子ご夫妻の元へと向かった。

「王太子殿下、そして王太子妃殿下。本日はお招きいただきありがとうございます」

「堅苦しい挨拶《あいさつ》はしなくていい」

「そうですよ。楽にしなさい」

王太子殿下はとても優しそうなお方で、王太子妃殿下……エリーゼ様はまさに女神のようなお方であった。

透き通る白銀の髪に真っ白な肌、そして儚《はかな》げなその美貌《びぼう》。

どれをとっても彼女に敵《かな》う者などいないと思わせるほどの美しさである。

――エリーゼ様へのお気持ちは恋心ではないとおっしゃっていたけれど……これほどまでにお美しいお方が近くにいて、心が揺らがない男性などいるのかしら。

私の中でそんな邪念が再びふつふつと湧《わ》き上がり、醜い自分の心が嫌になる。

「こちらがご夫人かな？」

「はい。我が妻、セレーナでございます」

「お初にお目にかかります。セレーナと申します。ご挨拶が遅くなってしまい、申し訳ございません」

オスカー様の紹介に続けて、私は頭を下げた。

「そうか、君が。オスカーの話していた通りの女性だな」

王太子殿下は満足げに微笑みながら何度も頷《うなず》いている。

「王太子殿下……！　おやめください」

するとなぜか慌てた様子のオスカー様が、王太子殿下に向かって首を振っている。

だが王太子殿下はむしろその様子を楽しんでおられるようだ。

「殿下、オスカーが困っていますわよ。おふざけはそのくらいにしてくださいませ」

「すまない。だが反応が面白《おもしろ》くて……」

見かねたエリーゼ様が王太子殿下を制すると、彼女は私の方を向いて微笑みながらこう告げたのだ。

「セレーナさん、少し二人でお話がしたいのだけれど」


「ごめんなさいね、突然連れ出すような真似《まね》をして。驚いたでしょう？」

あれから私はエリーゼ様に連れられて、大広間から少し離れたところにある豪華な客間に案内された。

そこには香りのいい淹《い》れたての紅茶が既に用意されており、私は案内されるがままソファに腰掛ける。

一国の王太子妃と部屋に二人きりという状況に、私は緊張の面持《おもも》ちで彼女からの言葉を待った。

「どうしてもあなたと一度お話がしてみたかったの」

「私と……でございますか？」

「ええ。あのオスカーがそこまで夢中になっている女性は、どんな方なのかしらと思って」

そう言ってエリーゼ様はにっこり笑い、さりげなく腹の上に手を置いた。

よく見ればそこは膨らみを帯びている。

先ほどお会いした際には気づかなかったが、エリーゼ様は恐らく身籠っておられるのだろう。

彼女は私の目線に気づくと、その問いを肯定するかのように微笑みながら頷き、再び口を開いた。

「あなたも既にご存知だとは思うけど、あの子は家庭環境に恵まれていなかったでしょう？　それにいじめも。色々と心の中に抱え込んだまま大人《おとな》になってしまったあの子のことを、姉のようにずっと心配していたの」

「そうなのですね……」

「でもあなたと結婚してからオスカーは本当に変わったわ。口を開けばセレーナ、セレーナって」

エリーゼ様は面白くてたまらない、といった様子で笑いながら紅茶を一口含んだ。

「あれほどつまらなそうに毎日を生きていたあの子が、あんなに色々な表情を持っていたなんて、知らなかったわ。セレーナさん、全てあなたのおかげなの」

「私はそのような……」

するとエリーゼ様は突然居住まいを正すと、訴えかけるような真剣な表情で私の方を見つめた。

「実は……離縁の話を聞いたの。初夜の話を他人に持ち出されるなど、もしも嫌な気持ちにさせてしまったならごめんなさいね。でもどうしても一言謝罪したくて……。オスカーが変な勘違いをしていたせいで、あなたに嫌な思いをさせてしまったわ……私からも、謝らせてください」

そう言ってエリーゼ様は頭を下げた。

「そのような……頭をお上げください。あれはあくまで私とオスカー様の問題ですので……」

「あの子も言っていただろうけど、私たちの間には本当に何もないのよ？　第一、私はオスカーより六つも年上ですし、出会った時には既に王太子殿下と婚約しておりましたから」

「はい。そう伺っております」

「でも先ほど二人で並んでいた様子を見ると、その誤解は解けたのかしら？」

さすがは王太子妃殿下、目をつけるところが鋭い。

「今日のそのあなたの装い、きっとオスカーが勝手に決めたのでしょう？」

「……お恥ずかしい限りです」

今日の自分は上から下まで真っ青であったことを思い出し、恥ずかしくなって俯《うつむ》く。

――顔が熱いわ。

「すごく似合っているわ。ドレスもあなたのために作られたことがよくわかる。あなたの美しさを引き立ててくれているもの」

「ありがとうございます……」

「まあ少し愛が重すぎて恐ろしいくらいですけれどね」

「は、ははは……」

私は緊張を落ち着けるかのように、ティーカップに手をつけた。

「ねえセレーナさん。あなたはオスカーのこと、どう思っているのかしら？」

突然の質問に私は口に含んだばかりの紅茶を吹き出しそうになり、慌てて飲み込んだ。

「わ、私ですか⁉　私は、その……最初はなんて失礼な方なのだろうと、苦手に思っておりました……。ですが今は違います」

「好きではないの？」

「……好きか嫌いかと言われたら……好きです。ですが、私たちの間には色々ありましたもので……なかなか私の心の中で割り切ることができないのです」

「色々というのは、先ほど話した初夜での事件のことかしら？」

「おっしゃる通りでございます……」

「オスカーの憔悴《しょうすい》ぶりをあなたにも見せてあげたいほどだったわ。かなりの失言を繰り返したそうね？　あなたがオスカーを拒否してしまうのも仕方ないと思っているの」

私はなんと言葉を返したらいいのかわからず、膝《ひざ》の上に手を置いたまままさらに俯く。

「でも……もしあなたが少しでも、オスカーに対してやり直してもいいという気持ちが残っているのならば……離縁は思いとどまってもらえないかしら」

「え……」

「私からこんなことを言えば、あなたを困らせてしまうことは重々承知しています。ごめんなさいね。でもあの子がこれほどまでに誰《だれ》かを好きになるのは、あなたが最初で最後だと思うの」

「さすがにそのようなことはないかと……」

「いいえ。王太子殿下も同じことを話しておられたわ。あなたを失ってしまったら、今度こそオスカーは全てを失ってしまうと」


『これはあくまで私たち夫婦の願いであって、決めるのはあなた自身だから。あなたがどうしてもオスカーのことを許せないというのならば、離縁も仕方ないわ。あの子がそれだけのことをしてしまったということでしょう。周りの意見は気にせず、あなた自身の気持ちと向き合って決めてほしいの。でももしも、ほんの少しでも気持ちが残っているのなら、前向きに考えてみてね』

エリーゼ様は最後にそうおっしゃっていた。

お話を終えて大広間へと戻る間中、エリーゼ様のお言葉が頭の中で繰り返される。

初夜の日にオスカー様に告げた一年という期限は、刻一刻と迫っていた。

このままいけば私がトーランドのお屋敷にいるのもあと数ヶ月だ。

それまでには結論を出さなくてはならない。

エリーゼ様のおっしゃる通り、私の中にはオスカー様とやり直してもいいのかもしれない、という気持ちが生まれ始めていた。

だが私の彼に対する気持ちと、彼の私に対するそれとは恐らく熱量が違いすぎる。

無責任に彼の気持ちを受け取ることは、逆にオスカー様を傷つけてしまうことになるのではないか。

それならばいっそのこと、一から新しい方と関係を築き直していった方がいいのではないか。

しかしそんな思いとは裏腹に、オスカー様が他《ほか》の誰かと並んでいるところを想像するだけで辛《つら》くなる。


「っと、失礼、考え事ですか？」

「あっ！　申し訳ございません……あ、あなたは……」

ぼうっとそんなことを考えていたものだから、大広間に続く廊下の曲がり角で誰かとぶつかってしまった。

咄嗟《とっさ》に謝罪するために顔を上げると、そこにはまた懐かしいお方の顔が。

「ああ、これは。オスカーの奥方ではないか。以前あなたがまだアストリア侯爵令嬢の時に、お話ししたのが最後でしたかな」

「お久しぶりですわ……サマン様」

そう、目の前にいたのは騎士団長であるサマン・シード公爵令息。

初夜の日に私がオスカー様に対抗するために名前をお借りした、あのお方である。

相変わらず艶《つや》のある短い黒髪を後ろに撫《な》でつけており、燃えるような赤い瞳がとても男らしい。

彼はニコッと歯を見せて笑うと、こう切り出した。

「その様子ですと、オスカーとうまくいっているようですね？」

「え……ああっこれは、その……」

サマン様の視線は、明らかに全身真っ青な私の装いに向けられている。

このやりとりを繰り返すのはこれで何度目であろうか。

――顔から火が出そうなほどに恥ずかしいわ……。

「いいじゃないですか。夫婦仲睦《なかむつ》まじいということは、何よりです」

「ありがとうございます……。サマン様は……」

彼の隣に目をやるが、パートナーの存在は見受けられない。

サマン様は私の視線に気づいたようで、困り笑いを浮かべながらこう告げた。

「私は未《いま》だに独身です。親からは毎日のように見合いをせっつかれていますが、なかなかうまくいかないもので」

「サマン様ほどのお方なら、引く手数多《あまた》でしょうに。きっとご両親もご心配なのでしょう」

「私は剣のことしか知りません。相手の御令嬢にも、きっと引かれてしまうでしょう」

「そのような感じには見えませんけれども」

「こういった公《おおやけ》の場では、それなりに振る舞うことができるのです。ですが見合いとなるとどうしても、何を話せばいいのかわからなくなってしまうので困っています」

謙遜しているが、未だ独身でいるサマン様を周りが放っておくわけがない。

彼が生涯の伴侶《はんりょ》として選ぶ女性はどんな方なのだろうか。

まあ機転が利くサマン様ならきっと良き夫となるだろう。

私は純粋にそんなことを考える。

「サマン様とご結婚されるお方は、きっとお幸せになれますわ」

「それは嬉しいお言葉。ありがとうございます」

ちなみに、とサマン様は続けた。

「オスカーから聞きました。セレーナ様は、私のような男が好みであると」

「なっ……」

そう言っていたずら好きな子どものような表情を向けるサマン様に、私はしどろもどろになりながら答えた。

「オスカー様ったら……なんてことを……あれは、違うのです……」

確かにサマン様のことは好みの男性であると以前まで思っていたのだが。

初夜の日に口にした言葉は、完全にオスカー様をギャフンと言わせることが目的である。

サマン様とどうこうなりたいとは一切思っていないのだ。

「ははっ。そんなこと、わかっておりますよ」

サマン様は大きく笑った。

「実はオスカーは私の長年の友人なのです。あいつがあれほどまでに焦《あせ》り、憔悴した様子は初めて見ました。あなたがあいつを変えてくれたのでしょう。いい意味でね」

「サマン様……」

「あいつはもうあなたなしでは生きてはいけない。きっかけは些細《ささい》なことでも、一度いいなと思ったらどんどんのめり込んで周りなど見えなくなる。それほど童貞の初恋というのは重く、厄介《やっかい》なものなのですよ」

「どっ……童貞の初恋って……」

突然サマン様の口から飛び出した強烈な言葉に、私はしどろもどろになる。

「おっと、これはご婦人の前で失礼。ただ覚えておいてください。あいつは一度好きになったら狂ったようにのめり込む、そういう男です。色々と不器用なところばかりですが、きっとあなたを幸せにしてくれるはずだ」

「サマン様……」

私はつい顔が赤くなってしまい、手でパタパタと扇《あお》ぐようにして熱を冷ます。

するとその時であった。

「セレーナ？　……と、サマン……？」

突然後ろから声をかけられ振り向くと、そこには複雑な顔で佇《たたず》むオスカー様の姿があったのである。


「オスカー様……」

オスカー様は、私とサマン様の間に割り込むような形で、サマン様と向き合う。

「サマン、セレーナの相手をしてくれて助かった、礼を言う」

そう話す声は、どことなく戸惑いを含んでいるように聞こえる。

「こちらこそ、久しぶりにご夫人とお話しできて楽しかったよ。それではセレーナ様、またの機会に」

「ええ、ありがとうございます、サマン様」

サマン様はそう言うと、ヒラヒラと手を振って大広間へと立ち去っていった。

残された私たち二人の間には、なんとも気まずい沈黙が走る。

その静けさに耐え切れず、私は口を開いた。

「あの、オスカー様……？」

「……少し場所を移動してもいいか？」

「は、はい……」

オスカー様はそれだけ告げると、私の手を取って中庭の方へと足を進めていく。

以前の舞踏会の時とは違いその足取りはゆっくりで、私の歩く速度に合わせてくれているのがわかる。

だが彼は虚《うつ》ろな顔で前を見つめたまま、一言も言葉を発しない。

一体どうしてしまったのだろうか。

幸いなことに中庭には誰もいなかった。

未婚であれば貴族の男女が二人きりで夜間の中庭にいるなど言語道断であるが、私たちは一応夫婦の関係にある。

たとえ誰かに見られたところで問題は無いだろう。

オスカー様は中庭の中央にある噴水の近くまで来ると足を止め、私の方を向く。

そして重々しく口を開いた。

「サマンと……何を話していたんだ？」

「大したことではありませんわ。あなたのことなどを話しておりました」

「君は随分と嬉しそうに見えた。会話は聞き取れなかったが、その……あいつの言葉に頬《ほお》を赤らめて……」

「えっ……」

そこで私はようやく気づいたのだ。

オスカー様は先ほどの私とサマン様の会話から、私が未だにサマン様のことを慕っていると思い込んでいるのだと。

「それは勘違いです」

「誤魔化《ごまか》さなくていいんだよ、セレーナ。元はと言えば君が好きなのはあいつだった。……いや、今もあいつのことが好きなのか？」

そう話すオスカー様の青い瞳は左右に揺れている。

「違います！　あれはあなたにひどいことを言われたので頭にきて、つい口を出してしまっただけなのです！」

「あいつは君の望む通りの男だ。私のように初夜で女性を傷つけるおこないなどしないだろうし、心が歪んでもいない。そして剣術に長《た》けていて男らしい。……確かに、あいつの方が君にはふさわしいな」

そう言って自嘲《じちょう》気味に笑う姿に、胸が張り裂けそうになる。

「オスカー様、何を言っているのですか……」

「やはり、あいつがいいのか？」

「違います！」

「……君は私にあのような顔で笑ってくれたことはない」

オスカー様との会話が噛《か》み合わない。

「私は君を愛している……」

「えっ……」

突然告げられた『愛している』という言葉に、私は咄嗟にオスカー様を見上げた。

しかし彼は俯いたまま、私の顔を見ようとはしない。

「だからこそ、君には幸せになってほしいのだ。こんな捻《ひね》くれた厄介者の私では、君にふさわしくない……。君が望むのなら、私は……サマンを君の再婚相手として推薦してもいい……」

「オスカー様!?」

「君を縛りつける気はない……大丈夫だ、私は何も変わらない。再び一人に戻るだけだ。再婚もしない。これまで通り執務だけをこなして生きていく……」

「オスカー……さ、ま……」

彼は一体何を言っているというのか。

――再婚？　私がサマン様と？

「すまない……私は何を……サマンと君が話しているのを見て頭に血が上ってしまった。私のこういうところがダメなんだろう。少し頭を冷やしてくる。申し訳ないが、君は頃合いを見て大広間へ戻っていてくれ」

「オスカー様……」

オスカー様は苦しげな顔でそう告げると、私に背を向けて中庭の奥の方へと足を進め始めた。

なぜか私は、今彼をこのまま一人にしてはならないと思った。

このまま行かせてしまっては、私たちの間に二度と縮まることのない距離が開いてしまう気がしたのだ。

そしてようやくはっきりと気がついた。

私もオスカー様のことが好きだということに。

私がサマン様に抱いていたそれは、単なる憧れであったのだ。

……これはどこかで聞いたことがある台詞《セリフ》ではないか？

「オスカー様……」

気づけば私はオスカー様の元へと駆け寄り、その背中を後ろから抱き締めながら、彼の名を呼んだ。

すると彼の全身に力が入るのを感じる。

「せ、セレーナ……？　君は何を……」

「そのまま聞いてくださいませ。私は……あなたが私に与えてくださるほどの強い思いを、私自身がまだ持ち合わせていないと感じていました。あなたに中途半端なお気持ちで応《こた》えるような無責任なことはしたくないと思うと、なかなかお返事ができなくて……」

「……」

オスカー様はそのまま私に抱き締められている形で、黙って話を聞いている。

その顔は正面を向いているため、私からは彼がどんな表情をしているのかわからない。

「今もまだ、気持ちの切り替えは完全にはできておりません。正直たまにあの初夜の発言を思い出してしまう日もあるのです。ですが……」

ここまで話して、だんだんと声が震えている自分に気づいた。

なぜだか視界が滲《にじ》み始める。

「ですが……」

なかなかその後の言葉が口をついて出てこない。

——正直な気持ちを伝えて、彼に拒絶されてしまったら……もう傷つきたくない……。

「ゆっくりでいい」

「……え？」

「ずっと待っているから、慌てなくて大丈夫だ」

すると、オスカー様が静かにそう口を開いた。

その口調は優しく穏やかなもので、先ほどの余裕がない話し方とは大きく異なっている。

なぜだかオスカー様のその声かけで、私の気持ちが落ち着いていくのがわかった。

私はすうっと息を吸って呼吸を整えると、意を決してその思いを告げた。

「……ですが、あなたの隣に他の誰かが立つのは嫌なのです。おかしいでしょう？　オスカー様……私はあなたと離れたくない……」

「セレーナ……」

「私もあなたのことが好きなのです、オスカー様」

ああ、やっと言えた。

だがそれと同時に、ついに言ってしまったという気持ちに襲われた。

オスカー様はなんと言うだろうか。彼の反応が怖い。

するとオスカー様は、突然私の手を振り解《ほど》いてぐるりとその身体の向きを変えた。

そしてそのまま力強く私の身体を抱き締めてきたのだ。

苦しいほどに押し付けられたその胸元からは、初めて抱き締められたあの日と同じ香りがした。

「オスカー様……」

「今考えてみれば、そもそも君に愛されたいという願い自体が間違っていたのだ。あれほど君を傷つけた私に、そのようなことを願う資格などない……」

「そのようなことはっ……」

「それでもいい。君の気持ちがまだ完全に私に向いていなくても、それでもいい。だが、私が君を愛することを許してはもらえないだろうか。生涯私が君の隣で過ごす許可をくれないか……」

オスカー様の声が震えている。

時折混じる嗚咽から、彼が泣いていることがわかった。

私の答えは決まっている。

オスカー様と共に人生を歩んでいきたい。

私はオスカー様の頬に両手を添えると、彼の顔を見上げるようにして微笑んだ。

「もちろんですわ。オスカー様」

「セレーナ……」

「もう一度、最初からやり直しましょう」

オスカー様は私の言葉に一瞬目を丸くした後、すぐにくしゃりとその端正な顔を歪めて再び泣いた。

「ああ、セレーナっ……」

「もう……泣きすぎですわよ？　せっかくの綺麗《きれい》なお顔が……」

私は彼の涙を指で拭《ぬぐ》う。

するとオスカー様はその手を取って強く握り締めてきた。

青い美しい瞳が射るように私を見つめると、視界がだんだん暗くなる。

それと同時に、唇に柔らかく温かいものが一瞬触れた。

「セレーナ……愛している」

「お……オスカー様……」

それは私たちにとって初めての口付けであった。

不意打ちの口付けに、顔が真っ赤に熱くなっていくのを自分でも感じる。

見ればそれはオスカー様も同じなようで。

顔から火が出るほどに耳まで赤くなった彼のことが、とてつもなく可愛《かわい》く思えた。

「必ず君を幸せにする。やり直させてくれ、全て最初から」

「はい。でも無理はなさらないでくださいませ。ゆっくり進んでいきましょう」

私たちは互いを見つめると、どちらともなく笑い合った。

ぎこちなく手を繋《つな》ぎながら寄り添って乗り込んだ帰りの馬車の中で、私はずっと気になっていたことをオスカー様に尋ねる。

「オスカー様は、いつから私のことを……？」

すると彼は再び顔を赤らめ口元を手で隠すと、ボソボソと小声でこう答えた。

「初夜の日に、私に物怖《ものお》じせずに言い返してきた姿が印象に残ったのだ……。それなのに部屋を立ち去る前に見せた悲しげな顔はあまりに美しくて……。それからは君の顔が頭に焼きついて離れなくなった」

「オスカー様……」

「もちろん最初は、君に謝りたいという純粋な気持ちがほとんどだった。だが君と接する機会が増えるうちに、なぜか私の中で君の存在が大きくなっていったのだ……。うまく言葉では説明ができないのだが……それが恋というものなのだろう？」

まさかあの初夜の日に、オスカー様がそのようなことを考えていたとは思いもしなかった。

私の頭の中は、いかにして一年後の離縁を滞りなく迎えるか、でいっぱいだったのだから。

「しかしながら、はっきりと君への好意を認識したのは、あの例の侯爵令息の存在が大きい」

「……ジャック様でございますか？」

「ああ。あいつが君に馴《な》れ馴《な》れしく話す姿を目の当たりにして、どうしようもなく腹が立った。君をこれ以上誰の目にも晒《さら》したくなかった」

「あの日、怒っていらっしゃったのはそれが原因なのですか？」

「恥ずかしながらその通りだ……私は器の小さい情けない男なのだよ」

オスカー様はしょんぼりと頭を下げる。

「でも私も、いつまでもあなたとエリーゼ様の仲を疑って冷たい態度をとってしまいました」

「君は悪くない！　全ては私の発言から始まったこと……」

「きっと、やり直せるはずですわ。ただ……」

「……ただ？」

「サマン様や王太子ご夫妻に初夜のお話をなさったでしょう？　もう私たちの間のことを他の方にお話しすることはやめてくださいませ。私たち二人のことは、二人で話し合って解決していきましょう」

「……わかった。すまない……私にはまだまだ直すべきところがありそうだな」

私はオスカー様にもたれかかり、目を閉じる。

恐らくオスカー様との結婚生活は前途多難だろう。

自分でも話していたが、彼はまだまだ色々なことに疎《うと》すぎる。

だが彼の内面を知った今では、その脆《もろ》さを私が支えて変えていきたいと思うようになっていた。

きっと彼なら失敗から成長を学ぶはず。

そのようなことを考えていると、今まで張り詰めていた糸が切れたかのようにどっと疲れが出たようだ。

オスカー様はそんな私の肩にそっと手を回して力を込めた。

「セレーナ、愛しているよ」

私は遠ざかる意識の中でオスカー様の甘い囁きを耳にしながら、眠りについたのであった。


二人で寄り添うように手を繋ぎながら屋敷へと戻ってきた私たちを見て、アンナやベルを始めとする使用人たちは何かを感じ取ったらしい。

彼女たちの視線がなんだか生暖かいようで、私は恥ずかしくなってしまう。

「オスカー様……ようございましたね。若奥様、本当にありがとうございます」

アンナはいつのまにか握り締めたハンカチで涙を拭いながらそう告げた。

「お礼など……私もあなたたちには迷惑をかけてしまったわ」

「いいえ、いいえ。あのような失礼な真似をしてしまったこと、今でも大変申し訳なかったと思っているのです。すぐに家を出ていかれてもおかしくないほどでしたのに……若奥様の寛大なお心に感謝いたします」

そう話すと再びハンカチを顔に当てて咽《むせ》び泣くアンナに、隣にいたベルが呆《あき》れ顔で新しいハンカチを渡していた。

「セレーナは私と共にこれからの人生を、トーランド公爵家の一員として歩むと決心してくれた……。私は彼女の思いに感謝して、私の全てを彼女に捧《ささ》げたい。皆も、より一層彼女のために励んでくれ」

「い、いや……オスカー様、それは少し大袈裟では……。まずは私ではなく、トーランド公爵家のために全てを捧げた方がいいと思うのですが……」

オスカー様の発言にギョッとしながらそう反論するが、彼には全く聞こえていない様子。

そして困ったことに、使用人たちもオスカー様の宣言に何度も頷いている。

「べ、ベル……」

私はベルに救いの手を求めるが、彼女はにっこりと笑って首を振った。

「皆の気持ちを受け取ってくださいませ。それほどまでに皆、若奥様に感謝しているのです。あなた様のおかげで、このトーランドのお屋敷にはかつてないほどの活気が溢れております」

そう言われて私はあらためてこの屋敷を見渡してみる。

あれ以来季節ごとの花を飾ることが習慣となった玄関は、訪れた人の心を癒《いや》してくれていた。

そして朝は屋敷中の窓を開けて空気を一掃し、日中はカーテンを開け放しておくことで、爽《さわ》やかな気持ちで過ごすことができる空間となっている。

私が嫁いできた時のトーランドの屋敷とは大違いだ。

今ではすっかり居心地のいい屋敷となったこの家を、私も気に入り始めていた。

「セレーナ、こちらへ……」

すると突然オスカー様は私の手を引くと、使用人たちから離れて二人きりになるよう廊下を進み始めた。

彼がどこへ向かおうとしているのか、私にはなんとなく予想がつく。

そして予想通りの部屋の扉の前に着くと、オスカー様はゆっくりと扉を開け、中へ入るよう私の背を軽く押した。

「オスカー様……」

オスカー様は言おうか言うまいかしばらく迷った後に、意を決したように口を開いた。

「もちろん今すぐに初夜をおこなうつもりはない。先ほど気持ちを伝えあったばかりの君に、それが目的だと思われたくはないんだ。だが……」

「だが？　なんですか？」

「その……今日から同じ寝室で寝てもいいだろうか……？」

ふと彼を見ると、再び先ほどのように真っ赤になりながら私の方を見つめていた。

その視線に胸が締め付けられるように苦しくなる。

「……はい。ですが……」

「で、ですが⁉　なんだっ……」

断られると思ったのだろうか。

困った顔を浮かべて、飛び上がるようにオロオロとしているオスカー様は面白い。

「その……恥ずかしいのです。あなたと並んで眠るのはこれが初めてでしょう？　緊張してしまって、寝られるかどうか……」

「なんだ、そんなことか……それならば数をこなせば慣れていくだろう。これからは毎晩一緒なのだから」

「オスカー様は緊張しないのですか？」

「……聞かないでくれ」

そう言ってぷいっとそっぽを向く、そんな彼のことが好きだ。

「とりあえず、今日はもう遅い。久しぶりの舞踏会で君も疲れただろう？　早めに湯浴みを済ませて、もう休もう」

「そうですわね」


そして私たちはそれぞれ湯浴みを済ませ、寝るための身支度を整えると再び夫婦の寝室を訪れた。

「君のその寝間着姿を見るのは、久しぶりだ。しかしその服はなんとも……目に毒なのだが」

「これはベルが勝手にっ……あまりまじまじと見ないでくださいませ……」

あれほど今日は何もしないのだからと言ったにもかかわらず、湯浴みを済ませた私にベルが着せたのはいかにも……といったデザインの寝間着であったのだ。

薄いレースのネグリジェは、身体の線が透けて見えてしまう。

大きめに開いた胸元からは、少しかがめばその谷間が見えてしまいそうだ。

私は恥ずかしくなり、両手で胸元を覆うように隠した。

「その、セレーナ……」

「……なんですか？」

「その手は……隠すつもりであるならば逆効果だ」

はっと下を見ると、両手で押さえるように胸元を隠したことで元々大きめな胸が押し潰《つぶ》され、寝間着の胸元から溢れ出していたのだ。

「きゃっ……」

私は慌ててシーツを手繰《たぐ》り寄せて胸元を隠す。

「すっ、すまないっ……大丈夫だ、見ていない」

「絶対に見ていましたわ」

彼のその台詞は確実に嘘だろう。

現にオスカー様は目元を真っ赤に染め、口元を手で押さえているのだから。

必死に視線を逸《そ》らす彼の姿を目にすると、余計に恥ずかしくなってしまう。

「ほら、セレーナ……とりあえず横になろう。湯浴みの後で身体が冷えてしまうし、もう遅いのだから……」

恥ずかしさで死にそうになりながらも、私はオスカー様の言う通りに寝台に横たわると、掛け物をかけた。

「……」

「……」

仰向《あおむ》けに並んで横たわる私たちの間には、長い沈黙が訪れる。

その沈黙があまりにも気まずくて、私はついオスカー様に背を向けてしまった。

彼を拒絶したのではと思われたらどうしようかと不安になるが、今さら後ろを振り返ることなどできそうにない。

速度を落とすことのない鼓動はうるさすぎて落ち着かず、呼吸さえも苦しくなってくる。

するとその時であった。

「っ……オスカー様っ……」

背後からオスカー様の力強い腕が私を抱き締める。

密着した身体からは熱が伝わり、爽やかな石鹸《せっけん》の香りが鼻をかすめた。

そして彼の鼓動も同じくかなりの速さで拍を刻んでいることがわかる。

「セレーナ……」

耳元に吐息と共にかかるその声はいつになく掠《かす》れ、熱を帯びて蕩《とろ》けるように甘く聞こえる。

「セレーナ、こちらを向いてくれないか」

「嫌です……。恥ずかしくて……どうにかなってしまいそうなのです」

「それは私だって同じだ。だがせっかく一緒にいるというのにこれでは寂しい。……君の顔が見たい」

切なげなオスカー様の声に、私は覚悟を決めた。

身体の向きを直しておずおずとオスカー様の方を見ると、彼の熱すぎるほどの欲を帯びた視線とぶつかり合った。

「セレーナ……」

私は彼の顔が近づいてきたことに気づき、咄嗟に目を閉じる。

すると先ほど感じたものと同じ感覚が唇に訪れた。

温かく柔らかいそれはオスカー様の唇なのだが、なんとも心地よくて気分が落ち着く。

だが先ほどと違うのは、オスカー様が一向にその唇を離そうとしないということである。

あの時、一瞬で離れた唇とは違って、今彼の唇はまるで離れ難《がた》いとでもいうように私に押し付けられている。

「んっ……」

オスカー様に長い間唇を押し付けられたことで私は苦しくなり、つい吐息を漏らした。

思った以上に自分から甘い声が出たことに驚く。

それはオスカー様も同じだったようで、私の声にピクリと反応した後、より一層熱を帯びた瞳でジッと私を見つめながらこう告げたのだ。

「セレーナ……そんな声を出されたら……だめだ、我慢ができない」

そして彼はそのまま再び唇を押し付けると、今度は私の唇を吸い上げるように口付けた。

決して上手《うま》いとは言えないその口付けが、私にとっては愛《いと》おしい。

どうやら私は思っていた以上に、オスカー様に惹かれていたようだ。

ちゅ、ちゅ、としつこいほどに唇を吸い上げられる私は息も絶え絶えになる。

寝室に響き渡るのは、私たちの口付けが生み出す水音だけ。

その事実が余計に私たちを興奮させる。

「んっ、ふぁっ……」

「その声は反則だ……」

次の瞬間、僅《わず》かに開いた唇の隙間《すきま》からぬるりとしたものが入り込んできた。

咄嗟のことで唇を固く閉じようとするが、そのねじ込む強さに負けてしまう。

強引に私の口の中へと侵入したオスカー様の舌は、私の舌を絡め取るように口内を探った。

少し乱暴なほどに動き回るその舌は歯列をなぞり、私にゾクゾクとした初めての感覚をもたらしていく。

慣れぬ口付けを繰り返す私たちの息はすっかり上がり、互いの艶《なま》めかしい息遣いがさらに秘めた欲を誘い出す。

飲み込むことのできなかったどちらのものともわからない唾液が、唇の隙間から流れるようにこぼれ落ちた。

「はあっ……セレーナ……」

オスカー様は私の唇に指をやるとそっと唾液を拭い、そのまま唇をなぞる。

「んっ……」

激しい口付けで敏感になったそこは、たったそれだけの仕草で刺激を感じ取ったらしい。

「だめだ、つい……。止まらなくなってしまう……。今日は絶対に君に手を出さないと決めているのだ……。身体目当てだと思われたくはない。君のことを大切にすると誓ったのだから」

オスカー様は苦しげな表情を浮かべて、そっと私の身体を自らの胸元から離す。

先ほどまでの温《ぬく》もりが突然なくなったことで、私の身体はひやりと冷たくなったかのような錯覚に陥った。

その感覚がもどかしく、ひどく切ないのだ。

「オスカー様……」

「セレーナどうし……!?」

私は一度距離の開いたオスカー様の胸元に、再び擦り寄るようにして目を閉じた。

突然の私の行動にオスカー様はあたふたとしている。

その身体を抱き締めていいのかどうかわからず行き場を失った腕が、所在なさげに高く上げられたままだ。

「行かないで……離れたくありません」

「しかしっ……。私は君とこのように密着して朝まで我慢できるほど、理性のある男ではないのだ……」

「構いません」

「ああ、わかっている。……って、はあ⁉」

オスカー様は私の返答が信じられなかったらしく、素《す》っ頓狂《とんきょう》な声を上げたまま固まった。

「き、君は何を言っているのかわかっているのか⁉」

「私とて一応は成人している身……閨《ねや》教育もきちんと受けておりますわ。何をするかくらい、わかっているつもりです」

「だ、だがしかし……」

「私ではダメなのですか？」

「そんなことはない！　断じてない！」

「では何を迷われているのです？」

もう夫婦として生きていくと覚悟を決めたのである。

ならば身体を繋げることに何の支障もないはずではないか。

「……話しただろう、私は女性の経験がないと。成人の暁《あかつき》に閨教育は受けたが、それももう何年も前のこと。当時の記憶も曖昧《あいまい》だ。初めての君に無体を働いて、苦痛を与えてしまうかもしれないのが怖くて……」

「私だって初めてですもの、何もわかりませんわ。それでも、いいのです。二人で乗り越えたいのです」

「セレーナ……」

私は潤んだ瞳でオスカー様をじっと見つめる。

彼はその視線に息を止め、唇を噛んだ。

「……一度始めてしまったら、止められる自信はない。君がやめてくれと言っても止められないだろう。本当にその覚悟はできているのか？　君はそれでいいのか……？」

「オスカー様と、身も心も繋がりたいのです」

「っ……君は本当に……どうなっても知らないからな」

オスカー様はそう呟《つぶや》くと、私の上に覆い被《かぶ》さった。

初めてこれほど間近から見上げる彼は彫刻のように美しく、とてつもない色気を放っている。

その目尻は赤く染まり、瞳には情欲の炎が浮かぶ。

「セレーナ……」

そう言って彼は再び私の唇になぞるように触れたあと、自らの唇を重ねた。

先ほどと同様に強引なほどの口付けは、私に呼吸する隙すら与えようとはしてくれない。

「んっ……はっ……」

自らが発する恐ろしいほど甘い声に驚きながらも、勝手に湧き上がるその声を抑えることはできない。

かりっと私の唇を歯で軽く噛んだオスカー様は、そのまま吸い上げるかのようにして音を立てながら唇を離した。

彼の形のいい唇が唾液で光っている様子はなんとも扇情的である。

するとオスカー様は、そのまま首筋に唇を寄せた。

ちゅっと首筋に口付けを落とされた瞬間、全身をぞくぞくとした何かが駆け巡り怖くなる。

「あっ、そこはっ……」

「あまりに綺麗であったから、口付けたくなった。君はどこもかしこも美しいな」

そう告げると、そのまま首筋の至るところに口付けを落としていく。

触れるように、そして時折吸い付くように落とされる口付けは甘美で、ただそれだけで身体がもどかしくなってしまう。

やがて一通り口付けを終えると、彼は一瞬何かを考えるような表情を浮かべた後に、私の寝間着に手をかけた。

「……脱がせてもいいだろうか」

「そのようなことを聞かれても、恥ずかしくて困りますわ……」

目を逸らした私を横目に、オスカー様はぎこちない手つきで寝間着の紐《ひも》を解《ほど》いていく。

元々心もとない生地であったそれはあっという間に脱がされてしまい、私の両方の胸が露《あら》わになった。

冷たい空気に触れたことで、胸の先端がつ……と勃《た》ってしまっていることに気づいて、恥ずかしくなる。

オスカー様はじっと私の胸に視線を落としたまま、何も言葉を発しようとしない。

穴が開くほどの視線を感じた私は、限界を迎えてオスカー様に声をかけた。

「あの……あまり見ないでくださいませ」

「え、ああっ……すまない、あまりに想像を超えた美しさで……気がおかしくなりそうだ」

恐らく実際の女性の裸を目にすることなど、これまでになかったのだろう。

耐えきれないほどの熱を彼からひしひしと感じる。

この熱をこれから自分が一身に受け止めるのかと思うと少し怖くもなるが、彼と本当の意味で夫婦になりたいという思いの方が強かった。

オスカー様は雑念を払うかのように首を振ると、膨らみの先端に唇を寄せたのである。

戸惑いながらも胸の先端を口に含むと、そのまま舌で転がすように愛撫《あいぶ》していく。

温かくぬるりとした舌が動き回るたびに、なぜか私の下腹部が疼《うず》きを覚えた。

そのうちに胸の頂を舌でトントンと刺激され、私は思わず声を上げてしまう。

「あっ……」

「どうした？　嫌なのか？」

突然腰を浮かせるようにして声を上げた私に、オスカー様はぷつ……と口を離して心配そうな顔で反応する。

「い、いいえ。違うのです」

「大丈夫か？　無理はしてほしくない。何か嫌なことがあったら言ってくれ」

「……のです」

「ん？　すまない、よく聞こえなかった。もう一度……」

「お腹《なか》の下が……変な感じがするのです」

すると、雷が落ちたかのようにオスカー様は固まった。

みるみるうちにそのお顔が真っ赤に染まっていく。

「せ、せ、セレーナっ……君は私を煽《あお》っているのか!?」

「煽る？　なんのことですか」

「ああ、もう！」

投げやりのようにそう呟くと、彼は再び胸元に唇を落とした。

しかし先ほどとは異なり、今度は噛み付くような激しさである。

そしてもう片方の膨らみを大きな手で揉《も》みしだき、時折その先端を指で摘《つま》むようにして刺激を与えてくる。

「あっオスカー様……そこばかり……」

「下も、触ってほしいか？」

私にはわかっている。

既に下着の下は濡《ぬ》れそぼっているということを。

案の定、彼の手によって唯一残っていた下着を抜き取られた瞬間、糸を引くように愛液が滴《したた》っていることに気づいた。

私は恥ずかしくなり、太ももを擦り寄せるようにして身をよじる。

しかしオスカー様はそんな私を許してはくれないらしい。

両膝を掴《つか》まれゆっくりと左右に開かれてしまったため、一番恥ずかしい場所を彼に向けて見せつけるような格好になってしまった。

「いやっ……こんな格好……」

私は必死に足を閉じようとする。

だが見かけによらず力強い腕が、依然として私の足を押さえつけたままなのでびくともしない。

「ああ……本当に、君はどこもかしこも綺麗だ」

そして惚《ほう》けたような表情でぽつりとそう呟き、足の付け根に口付けた後、撫でるようにそこへ触れた。

「んっ！」

くちゅりと音を立てて、彼の指が私の蜜口に吸い付くように入り込んでいく。

「すまない、痛かったら言ってくれ……加減がわからん」

そう言うと、ゆっくり指を中で動かし始めたオスカー様。

指の腹で恐る恐る、探るように内側を擦り付けるその刺激ですら私には強すぎた。

何かが迫り来るような、今まで経験したことのない感覚に襲われそうになり、咄嗟に身体に力が入ってしまう。

「セレーナ、力を抜いてくれ……しっかり解《ほぐ》しておかなければ、後で君が痛い思いをしてしまう」

「でも、勝手に力が入ってしまって……んうっ」

話の途中で食らいつくような口付けを受ける。

はぁ、はぁと息を荒げながら必死に唇を重ねてくるオスカー様に、私の身体の緊張は少し解けてきた。

その変化を感じ取ったのか、彼は再び私の中で指を動かし始める。

そこから漏れ出る愛液はどんどん増えていき、グチュグチュといった水音も大きくなっていく。

「あっ……やあっ！　音、恥ずか……しい……」

「もっとその声を聞かせてくれ。今度はこれで」

するとオスカー様は突然ぷつっと指を蜜口から引き抜いた。

これまで満たされていたものがなくなり、急にぽっかりと穴が空いて寂しくなった私のそこは、ヒクヒクと次の刺激を待っているようだ。

刺激を待ち侘《わ》びていたそこに触れた温かく湿ったものがオスカー様の舌であることに気づき、必死に抵抗するが既に遅い。

「そのようなことはしなくていいです……早く、進めてください」

「だめだ、これではまだ足りないはずだ」

「大丈夫、ですからっ」

そんな抵抗も虚《むな》しく、しばらくオスカー様は私のそこを舐《な》め続けた後、ようやく満足したのか唇を離した。

「……セレーナ……本当にいいのか？　もう後戻りはできないのだぞ？」

「もう、まだそれをお聞きになるのですか？　私はあなたがいいのです」

その言葉を確認したオスカー様は、自らの寝間着をするすると脱いでいくと、唯一残った下穿《したば》きすらも投げ捨てるように脱ぎ去った。

意外にも鍛えられて引き締まっているその身体は男性らしく、私の胸が高鳴る。

そして腹の下にそびえ立つものが視界に入りそうになったその瞬間、オスカー様の手のひらで覆うようにして両目を塞《ふさ》がれた。

「ちょっと！　何をするのです！」

「恥ずかしいから、見ないでくれ」

「わかりましたから、手を離してください」

彼はふぅーっとため息をつくと、そっと手を離す。

明るくなった視界がぼやけるようで、私は瞬《まばた》きを繰り返した。

「セレーナ……ゆっくり進めるが、痛むかもしれない……」

「わかっています。覚悟はできていますわ」

「……本当に君は勇ましいというかなんというか」

「え？」

「いや、なんでもない！　また失言を繰り返すところであった……」

苦い表情を浮かべたオスカー様は、私の足の間に押し入るようにして入ってきた。

すると新しい刺激を求めていた私のそこへ、熱い何かがあてられる。

「あっ……」

「……挿《い》れるぞ」

その言葉と同時に、大きい熱いものがメリメリと私の中へと入ってくる。

これ以上広がらない狭い道を、無理矢理広げているような痛みと圧迫感で息が苦しくなる。

「いっ……」

無意識のうちに再び身体に力が入り、ぎゅっと閉じた瞳からは涙が滲み出し、目尻を通って頬へと伝う。

――ああ、早く終わって……！

世の中の女性は皆これほどの苦痛に堪《た》えながら初夜を迎えているのかと、信じられない気持ちになりながら必死に痛みに耐える。

「セレーナ……あと少しだ……くっ、きついな」

これでもまだ全てではないのかと絶望しそうになるが、唇を噛み締めて頷いた。

そして自分の体重をかけるようにして、グッと身体を私に押し付けてきたオスカー様であったのだが。

突然その動きが止まった。

「……オスカー様？」

不審に思い彼の様子を窺《うかが》うと、苦悶《くもん》の表情を浮かべて固まっている。

それと同時に、何やら温かいものがじわりと私の中で広がるような感覚が……。

「え、これ……」

「あまりの気持ち良さに、耐えきれなかった……」

「……そ、そうなのですね」

「ああ……情けない男ですまない」

どうやら初めての経験で気持ちが昂《たかぶ》りすぎたのだろうか。

既に精を放出してしまったらしい。

こんな時、なんと声をかければいいのやら……。

「……嫌わないでくれ」

「そんなことで嫌いにはなりません。あの夜を経験しましたら、これしきのことではなんとも思いませんわ」

「何というか……それはそれで辛いな」

私はオスカー様の頬に手を当てて微笑んだ。

「ゆっくりでいいと、そうお伝えしたではありませんか。もう夫婦なのですし、時間に限りはありませんわ。焦る必要もないのです」

「セレーナ……っ」

「えっ!? なんで!? また……」

なんと先端だけ入っていたオスカー様のものが、再びむくむくと私の中で大きさを取り戻したのだ。

「君があまりに可愛かったから、こうなってしまった。このまま進めてもいいか？　今一度出したから、次はきっと最後までできるはずだ」

「え……私は別の日でも……あんっ」

だいぶオスカー様の形に慣れてきた私の入り口は、先ほどよりは痛みを感じずに彼のものを受け入れる。

だが引き攣《つ》れるような違和感と苦しさは変わらない。

「んんっ……」

「はぁっ、これで……全て……」

オスカー様が奥まで一息に突くようにして腰をぶつけると、パン！　と肌が触れ合う音が響いた。

それと同時に、私の中の何かがぷつりと破れたような感覚を覚える。

「セレーナ、ようやく一つに……苦しくはないか？」

自分自身も苦しげな表情を浮かべながら、汗でしっとりとした私の髪を耳にかけてくれる。

「少し苦しいですけど、大丈夫ですわ……続けてくださいませ」

最初は戸惑いがちに出入りを繰り返していた屹立《きつりつ》は、いつしかその動きに慣れ始めたようで。

リズムを刻むようにトントンと私の奥を刺激してくる。

その刺激はさざ波のような小さなものから、次第に全身を揺るがす大きなものへと変化していき、
私は耐えきれずオスカー様の背に手を回した。

「私、おかしくっ……」

「辛くはないか？　背に爪《つめ》を立てても構わないから、もう少しだけ辛抱してくれ……」

そう答えるオスカー様も、今にも限界を迎えてしまいそうな表情をしている。

「あっ……んっ……オスカー様……」

「くっ……なんだ？」

「ん……気持ち、いいですか？」

自分はちゃんとオスカー様のことを、気持ち良くしてあげることができているのだろうか。

「ああ……クセになりそうだ」

擦《こす》れ合う粘膜同士は吸い付くようで、先ほどオスカー様が放ったものが留《とど》まりきれずに隙間からこぼれ落ちてシーツに染みを作った。

「はあっ……セレーナ……」

最後の力を振り絞るようにオスカー様は激しく腰を打ち付けると、小さく呻《うめ》いてビクビクと震えた。

先ほど感じていたよりも奥の方で、温かなものがじわりと広がっていく。

ここに彼の子種があるのだと思うとなんだか愛おしくて、私は自分の下腹部にそっと手を当てた。

「愛している……ありがとうセレーナ」

「んっ……オスカー様……」

切らした息を整えるように大きく息を吐くと、オスカー様はそのまま私に優しい口付けを送り、そっと身体を抱き締めた。

「結婚式を、もう一度やり直したい」

初めての行為を終えて名実共に夫婦となった後、私たちは寝台の上に並んで横たわっていた。

私の髪を手ですくように触っていたオスカー様は、突然口を開いたかと思うとこんなことを言い出したのだ。

「結婚式でしたら、盛大に祝ってもらいましたわ。今更やり直さなくとも……」

「あの時の私は君に失礼な男であった。今思い返せば神の前での誓いも不誠実なものだ。もう一度、君に永遠の愛を誓いたい」

「ですが、一から人を呼ぶとなると少し大袈裟すぎませんか？　私の両親も今回の初夜の件は一切知りませんし……」

「ちょ、ちょっと待ってくれ。君の両親は、これまでのことを知らないのか!?」

信じられないとでもいうような表情でオスカー様は尋ねる。

「もちろん知りません。ただでさえ公爵家へ嫁ぐ際にかなりの心配をかけていたのです。初夜にあのようなことがあったなどと伝えては、両親の身がもちません。頃合いを見て、離縁の少し前に手紙を書く予定でした」

「……それでは君はずっと一人であの日のことを抱え込んで……本当にすまない。なんと謝ったらいいのか……」

「アンナやベルは知っておりましたから。二人にはかなり助けてもらいましたわ」

「私はダメな夫だな」

オスカー様はそう言うと、しょんぼりと子犬のようになっている。

「態度で示してくださいませ。これからのあなたの成長を期待しております」

「わかっている。君にふさわしい夫になるために努力する。至らぬところがあったなら、すぐに言ってくれ」

それにしても、とオスカー様は続けた。

「離縁の手紙を書く前に間に合って、本当に良かった……。取り返しのつかないことになるところだったな」

私はそれを聞いて、ついクスリと笑ってしまった。

実を言うと、既に手紙はしたためてあったのだ。

屋敷の自室にある机の引き出しにそっと仕舞い込んでいるその手紙は、時期が来たら実家のアストリア侯爵家へ届けるつもりだった。

刻一刻と近づく一年という期限を前に、いっそのこともう手紙を出してしまおうかと思ったことも何度かあった。

だがそのたびに何かが私を思い止まらせたのだ。

――あの手紙も、もう処分しなければならないわね。

なぜなら私たちにはもう必要のないものなのだから。

でも初心を忘れないために、とっておくのもいいかもしれない。

そんなことを考えているうちに、なんだか楽しくなってきた。

突然クスクスと一人で笑っている私を、オスカー様は怪訝《けげん》そうな顔で見つめている。

「何か面白いことでもあったのか？」

「いいえ、なんでもありません」

未だ納得していない様子の彼の胸元に擦り寄ると、優しく頭を撫でられた。

「皆を招待しての式は大袈裟だと言うならば、二人で式をやり直そう。どこかこぢんまりとした教会などを探すのはどうだ？」

「あ、それなら私行ってみたいところがあるのです」

「そうか。君が望むのならそこにしよう。どこにあるのだ？」

「王城へと向かう途中の丘にある教会です。先ほど舞踏会へと向かう馬車の中で目に入りまして」

「ああ、花畑の中に佇む建物か。それならば決まりだ。いつにしようか、私は今すぐにでも」

「さ、さすがに今日はもう夜中になりますわ！」

「……仕方ない。明日、朝食をとったら出発する。それならばいいだろう？」

子犬のような顔で見つめられた私に断るという選択肢はもはやなく、そのまま頷いてしまう。

そんな会話をしながら穏やかな時間を過ごしていた私は、いつの間にか訪れた眠気に逆らうことができず、そのまま目を閉じてオスカー様に寄り添ったまま朝を迎えたのであった。

第七章　前途多難な結婚生活ですが幸せです

その翌日。宣言通りオスカー様は私を小さな教会へと連れて行ってくれて、二人だけで結婚式をやり直した。

最初の結婚式を挙げた教会とは全く違うこぢんまりとした空間ではあったが、かえってそれが落ち着きをもたらす。

想いが通じ合ったばかりの私たちにぴったりの場所であったと思う。

なぜか誓いの言葉でオスカー様が泣き始めた時にはぎょっとしたのだが。

「なぜあなたが泣くのです。普通こういうところで泣くのは女性の方でしょう⁉」

「仕方ないだろう！　感極まってしまったのだから」

「大体、あなたはすぐに泣きすぎですわ。じきにトーランド公爵となられるのに……」

「それはそれ、これはこれだ。執務をこなしている時の私を見たことがあるだろう？　こんな姿を見せるのは君の前だけだから、安心してほしい」

「それはまあそうですけど……」

確かに執務をおこなっている時のオスカー様は、別人のようにきりっとした凛々《りり》しいお顔だ。

それなのに私といるときの彼はまるで小動物のようになり、次期公爵としての威厳はどこへ行ったのやらと心配になってしまう。


オスカー様との新婚生活は新鮮なことだらけだ。

それからというもの、私は日々彼に振り回されながらも楽しく過ごすことができていた。

「オスカー様。先ほど、王太子殿下の使いの方が来ておりましたけれども」

「ああ、私が全くと言っていいほど顔を見せなくなったので困っているんだろう」

以前は頻繁に王城へと足を運んでいたオスカー様であったが、例の舞踏会の少し前から突然その頻度が減ったように感じる。

「……行かなくてよろしいのですか？」

「そのうち行く。私がいなくてもなんとかなるだろう。今は君と二人の時間を大切にしたい」

「そういえば、エリーゼ様が二人目のお子様をご出産されたそうですね。お祝いをお伝えしなければ」

「そうだな、今度二人で一緒に行こう」

以前アンナから耳にした、オスカー様が王城で公務の手伝いをしているという話は本当であった。

なんでもオスカー様はかなりの手腕なのだとか。

王太子殿下が即位されたのちは、宰相の座を……と打診を受けているそうなのだが、断っているのだと本人が教えてくれた。

『せっかく想いが通じ合ったというのに。忙しくなるとセレーナと会えなくなるだろう』

本当にこんな理由を王太子殿下に伝えたのならば、次の舞踏会で会わせる顔がないのだが……。

「ああ、それから。サマンを覚えているか？」

すると突然思い出したかのようにオスカー様が口を開いた。

「もちろん覚えておりますわ。騎士団長様ですもの。あなたのご友人でもありますし」

「実はサマンが見合いをしたらしい」

「まあっサマン様がお見合いを!?」

最後に話した例の舞踏会の時には、まだ特定の相手はいないと話していたサマン様。

彼ほどの見目と地位があれば引く手数多《あまた》だろうに。

「サマン様ならばお相手の令嬢もぞっこんなのでは？」

「いや、それがだな……見合いの場でひたすら剣について熱弁を振るったようで、令嬢の方から愛想を尽かされて断りの連絡がきたそうだ」

「ああ……それはなんというか……」

思わず言葉を失った私は、眉間《みけん》に手を当てた。

「意外だろう？　私も驚いている。まあ確かにあいつの頭の中は、ほとんど剣術のことでいっぱいだからな……」

サマン様からもオスカー様と同じ匂いがするのは気のせいだろうか。

――これは前途多難かもしれないわね。

「サマンにも、私のように運命の出会いを経験してほしいものだ」

「……う、運命の出会いですって？　誰《だれ》と誰が、ですか？」

「私と君だが？　何か間違っているか？」

にっこりと天使のような微笑《ほほえ》みをたたえながら私の方を見るオスカー様の眩《まぶ》しさに、私はつい目を背けてしまいそうになる。

色々と反論したいことはあるのだが、彼の顔を見るとどうでもよくなってしまった。

「……まあ、そういうことにしておきましょう」


私たちが二度目の初夜を終えてから二ヶ月ほど経《た》った頃《ころ》、夫婦の寝室で寛《くつろ》いでいた私の元へオスカー様がやってきた。

「半年後には、父から公爵の座を譲り受けることになりそうだ」

「思ったよりも早かったのですね」

「ああ、その方がいい」

先日お義父《とう》様とオスカー様の間で、今後についての話し合いがおこなわれた。

その結果、お義父様は引退されて、近々オスカー様がトーランド公爵の座に就くことで話がまとまったらしい。

「これは私の希望なのだ。公爵令息の肩書きよりも、公爵の方が円滑に社交を進めることができる。それに、私の一存で物事を采配することも可能になるからな」

結果的にオスカー様の負担が減るというわけだ。

「もちろん今後も積極的に人の手を借りていくつもりでもある。また無理をして身体《からだ》を壊すようなことになってしまっては、君との閨《ねや》もできなくなってしまう。そんなことは耐えられないからな」

「……それは理由が不純でおかしいと思いますけど」

「夫婦の閨は跡継ぎをもうけるためにも、必要なことだろう？」

「……まあそういうことにしておきますわ。それで、お義父様はなんと？」

これは長くなりそうだと面倒になった私は、本題へと話を戻した。

「ただひたすらに謝罪と、私の負担を軽くするための案を提示してくれた。だがその案については断った」

その案とは以前手紙にも書かれていた通り、お義父様が定期的にオスカー様の元を訪問して執務を手伝うというものである。

「お義父様は、オスカー様と距離を縮めたかったのではありませんか？」

「そうかもしれないが、今までこの距離感でやってきたのだ。今更これ以上近づきたいのかと言われると……というよりも、どう接していいのかわからないのだ」

「オスカー様……」

やはり幼い頃からの親子の溝は、決して埋まることのないほどに深くなってしまっているのかもしれない。

オスカー様のお気持ちを考えればそれは致し方ないこと。

「だがいつか、私がもう少し公爵として精神的にも成長できたならば、父や母との距離を縮めることもできるかもしれない。そうなるといいなと思っている」

「きっと、そんな未来が待っていますわ」

「私にはセレーナがいる。今は君が私にとって最愛の人だ。君がいてくれればそれでいい。不思議なもので、あれほど愛されたいと思っていた母に対しても今では何も感じないのだ。誤解しないでくれ、これはいい意味でだ。ただ父母が穏やかに過ごすことができていれば、私はそれで満足だと思えるようになった」

そう話す顔はいつになく穏やかで。

「……無理はなさらないでくださいね」

「君は私だけを見てくれる。そのことがどれほど心に安寧《あんねい》をもたらしてくれているか……」

オスカー様はそう言うと、ソファに腰掛け紅茶を飲みながら話を聞いていた私のそばまで歩みを進める。

そしてまるで身体が重なるのではというほどに密着して隣に腰掛けた。

「……あの、狭いですわ。もう少しあちらへ行ってくださいませ」

「君はいつまでもつれない態度だ……私はこんなに愛しているのに」

「オスカー様の愛情表現が重すぎるのです」

「確かに以前、君が私を愛していなくてもいいとは言った。もちろんそれで構わない。君が隣にいてくれるのなら……だが、私は心配なのだ」

「何が心配なのですか？」

「君を別の男に奪われてしまったらと……」

名実共に夫婦となってオスカー様と寝食を共にするようになってからというもの、気づいたことがある。

彼の愛はかなり重い。重すぎるのだ。

同じ部屋で過ごす時は常に隣に座り、私の髪を撫《な》で続けながら永遠に愛の言葉を囁《ささや》いている。

『愛している』という言葉を、一日に何回言うのだろうかと数えてしまうほどだ。

あれほど文句を言っていた黒髪は今ではすっかりお気に入りのようで、私が髪を纏《まと》める日は全くと言っていいほどなくなった。

「あの日の私を殴ってやりたい。君の髪はこんなに美しいというのに」

そう言いながら今日も飽きずに髪に口付けるオスカー様を、私はいつもと同じ呆《あき》れ顔であしらう。

これが毎日繰り返されるのだから、困ったものだ。

「ベル、申し訳ないけどこれもお願いね」

「かしこまりました。ただこちらもそろそろいっぱいになりそうですわ……」

「また新しいクローゼットを用意しなければいけないわね……」

毎日のように渡される贈り物はそろそろしまう場所がなくなってきてしまったし、私一人では使いきれないほどの装飾品やドレスたちを抱えて途方に暮れそうだ。

しかしオスカー様に何度抗議しても、頓珍漢《とんちんかん》な反応が返ってくるばかり。

『あのドレスでは気に入らなかったか？　確かに、私も今回のドレスの色は少し微妙だと思っていたんだ。もちろん君に似合わないものなどないのだが……念のためすぐに新しいドレスを注文しよう』

『そういうつもりで言ったのではありません！』

『ああ、ドレスではなく、首飾りか。足りなかったのなら好きなだけ買うといい』

『……もういいですわ』

とまあ毎度こんなやり取りが繰り返されるので、私は素直に受け取ることにしたのだ。

「恐らくこれまでの反動なのでしょう、さすがに多すぎますが……。申し訳ありません、形だけでも受け取って差し上げてくださいませ」

私だけでなくアンナまでもが呆れながらそう言い始めたので、相当だろう。

そんな私とアンナの様子を、後ろでベルは笑うのを堪《こら》えながら見ている。

「そういえば、オスカー様の体調は大丈夫なのかしら？」

「ええ、奥様が来ないと自分は死ぬと大騒ぎしておりましたが、ただの二日酔いですので……」

「あの嫉妬《しっと》深さにも困ったものだわね」

ことの発端は一週間ほど前のこと。

ジャック・ホルン侯爵令息から、突然ワインが届けられたのだ。

以前舞踏会で話していたホルン家の領地で造られているワインなのだろう。

ジャック様は、私が全身オスカー様のお色を身に着けて舞踏会に参加した様子を目にしたようで。

それ以来彼から直接話しかけられることはほとんどなくなり、今では最低限の挨拶《あいさつ》だけとなってしまっている。

……噂《うわさ》によれば、オスカー様が厳しく目を光らせていることが原因なのだとか。

厄介《やっかい》なお方に目を付けられて、ジャック様もお気の毒なことである。

そんなジャック様から届いたワインを、なんとオスカー様は全《すべ》て一人で飲んでしまったのだ。

『あの男から贈られたワインなど、不吉すぎる。呪《のろ》いでもかけられていてセレーナに何かあったら……だが捨てるのもワインに申し訳ない。これは私が飲むしかないだろう』

とまあそんなことをブツブツと言いながら、結局ワインを飲み干したオスカー様は案の定そのままお倒れになり。

『……失礼ながら馬鹿《ばか》……いえ、頭は大丈夫なのですか？』

オスカー様が体調を崩されたと聞いて慌てて寝室へ見舞いに訪れたものの、その原因をアンナから耳にした私は呆れ返ってしまった。

『ワインにまで焼きもちを焼かれるようなお方では、息が詰まって一緒に暮らしていけませんわ』

『一緒に暮らせないだって!? そ、それは離縁したいということなのか!?』

体調からくるものなのか、はたまた離縁という言葉からなのか真っ青なお顔をしたオスカー様は、悲鳴のような声を上げた。

『どうしてすぐに話が飛躍するのですか。もう少し心に余裕を持ってくださいませ。私が選んだのはジャック様ではありません。オスカー様、あなたでしょう?』

『そ、そうなのだが……君のこととなると……』

『少し頭を冷やしてください！』

『そんな、セレーナっ……待って！』

こんなやりとりがあり、結局オスカー様は体調が回復されるまで大人《おとな》しく横になっているらしい。

「そろそろ体調も戻られたかしらね。少し様子を覗《のぞ》きに行こうかしら」

「あら、奥様……」

「何？」

「いえ、なんでもございません」

「夕食までには戻るわ」

「ええ、どうぞお気になさらず。ごゆっくり」

部屋を出ていく私の後ろで、アンナとベルが顔を見合わせて微笑んでいるとはつゆ知らずの私なのであった。


「オスカー様。お身体の具合はどうですか？」

オスカー様の部屋へと足を踏み入れると、そこにはすっかり顔色の良くなった彼の姿があった。

寝台の上で上半身だけ起こし、クッションに寄りかかっている。

――本当に美しいお顔ね。

この見た目で、中身がとんでもないお方だとは誰も気づかないだろう。

だが今ではその性格もひっくるめて、彼にめっぽう弱くなってしまっている私である。

「……君が来てくれなかったから、もう私は長くは生きられないかもしれない」

「何を大袈裟《おおげさ》な、病気でもあるまいし。ただの飲みすぎでしょう！」

「違う！　君が最近素っ気ないものだから、私は心配になって……こっちへ来てくれ」

疑問に思いながら私がオスカー様の元へ近づくと、突然グイッと手首を掴《つか》まれ彼の方へと引き寄せられた。

想像以上の力に私は驚く。

「ちょ、オスカー様っ……危ないで……んっ」

抗議する私の口を塞《ふさ》ぐかのように深く口付けられる。

既に彼の息は上がっており、興奮を隠しきれていない。

「はぁ、久しぶりのセレーナの香り……そして唇……」

「たった数日でしょうっ……あっ」

開いた唇の隙間《すきま》からぬるりと舌が入り込むと、獣のように私の舌を探し回る。

「んっ……んんっ……」

「あぁ、このまま私の上に乗ってくれ」

「……絶対に嫌ですわ！」

どさくさに紛れてなんてことを言い始めたのか。

こんな昼間から、しかも病み上がりのオスカー様の上に跨《また》がるなど次期公爵夫人のすることではない。

私が即答で拒否してしまったので、オスカー様は捨てられた子犬のような表情を浮かべてこちらを見つめる。

「そのようなお顔で見つめられても、だめです！」

やり直しの初夜を終えてからというもの、オスカー様は毎日毎晩のように私の身体を求めてくるようになった。

最初はぎこちなかったその動きも、さすがに回数をこなすうちに手慣れたようになり。

しかも彼の厄介なところは、一度では満足しないということ。

初めての時は最後までいかずに途中で子種が出てしまったため、仕方なく二回目に突入したのだと思っていた。

しかし彼は一度精を出した後、またすぐ元通りになってしまうのだ。

お陰で毎晩抱き潰《つぶ》されるようにして閨を共にする私は、朝からぐったりとしていることが多くなってしまった。

『夫婦仲がよろしいということです。お気になさらず、ゆっくりお休みくださいませ』

アンナやベルはこう言ってくれるので、ありがたく昼近くまで横になっていることもあるのだが、さすがに公爵夫人となったならばこんな体《てい》たらくは許されないだろう。

「今さっきまで寝込んでおられたのでしょう？　明日からの執務に障《さわ》りますわ。ゆっくり休んでくださいませ」

「だがしかし隣に君のぬくもりがないと……」

「もう少し加減していただかないと、私の身体も限界なのです。このままでは倒れてしまいますわ」

「な、なにっ、倒れるだって!?　どこか具合でも悪いのか!?」

「……はぁ」

オスカー様は相変わらずだ。

執務になるととても優秀だと話には聞いているが、なぜ普段はこうなってしまうのか。

話は噛《か》み合わないし、一方通行のことも多い。

時折失言しそうになっているのを慌てて訂正している様子を見ると、呆れつつも笑ってしまいそうになる。

あれほど嫌いになりかけていたオスカー様のことを、今こうして笑って見守ることができているのは、彼のことを愛してしまったから。

……そう、私もいつのまにかオスカー様のことを愛していたのだ。

その事実に気づいたのはつい最近のこと。

「愛しているよセレーナ、闇のことも君の言う通りにする！　だから嫌わないでくれ……」

何かを勘違いして顔を真っ青にしているオスカー様を見て、私はクスリと笑う。

そして彼の耳元でこう囁いた。

『私も愛しております、オスカー様』

しばらくしてようやく状況を理解したオスカー様はその目を見開いたかと思うと、くしゃりと端正な顔を歪《ゆが》めてボロボロと泣いた。

「君は、今……」

「ああ、もう。また泣いているのですか？」

「セレーナ、もう一度言ってくれ」

「嫌です。恥ずかしい」

「そんなっ……頼む！　セレーナ！」

オスカー様との結婚生活はまだまだ前途多難だろう。

だが彼と二人一緒なら、楽しく毎日を過ごすことができそうだ。

私はオスカー様を宥《なだ》めるかのように、そっと唇を重ね合わせた。

番外編　初めての遠乗りとオスカーのご褒美

「オスカー様……遠乗りに行くとおっしゃっていましたけど、なぜ二人で一頭の馬なのですか。私はてっきりお互い別の馬に乗るのだと……」

オスカー様と二度目の初夜を終えて半年ほど経《た》った頃《ころ》、ようやく彼の執務が一段落したということで、念願の遠乗りへと出かけることになった。

そして待ちに待った当日。

食堂で朝食を食べ終えた私たちは、支度をするためにそれぞれの自室へと戻ろうとしていたのだが、彼は二人で一頭の馬に乗ると言い出したのだ。

「何を言う。私は最初に遠乗りをしようと言った時から、二人で一緒に乗るつもりだったぞ？」

しれっとした顔でそう告げたオスカー様は、先日正式に公爵の座を譲り受け、トーランド公爵家の新たな当主となっていた。

先代の公爵であるお義父《とう》様はこれを機に完全に執務から引退し、お義母《かあ》様と共に領地の別荘で静かに暮らしているそうだ。

「……嘘《うそ》です。あの時はそのような雰囲気《ふんいき》ではありませんでしたもの」

オスカー様の趣味が遠乗りであることは、二人で朝食をとるようになった際に教えてもらった。

その時はまだ心が通じ合っているわけではなかったので、ぎこちない雰囲気であったことを思い出す。

「貴族の女性を一人で馬に乗せるなど、危険だろう？　ましてや君は公爵夫人なのだから」

「それはそうですけど……」

「いいではないか。今はこうして二人の心が通い合い、愛し合っているのだから」

「あ、愛し合ってって……朝からそのような恥ずかしいこと言わないでください」

「また君はそうやってつれない態度を……。でもそうやって強がるくせに、閨《ねや》の時にはあのように可《か》愛《わい》い姿を見せてくれる君が愛《いと》しいよ」

「お、オスカー様！　ここは食堂です。夫婦の寝室ではありませんわ！」

後ろにはアンナやベルといった使用人たちが控えているというのに、なんてことを大声で話しているのか。

「君は私のことを愛していないのか？」

「……それは今言わなければなりませんの？」

「今言ってくれないと、私はまたいつかのように倒れてしまうかもしれない」

そう言ってオスカー様は、いつもの子犬のような表情でこちらをじっと見つめる。

「……愛していますわ」

「ああセレーナ……私の愛しい人」

「ちょ、オスカー様っ……んんっ」

するとオスカー様は私を掻《か》き抱《いだ》くようにぎゅっと抱き締め、後頭部に手をやり唇を重ねた。

その口付けはなんとも強引で、すぐに僅《わず》かな隙間《すきま》から舌が押し入ろうとしてくる。

「んっはぁ……だ、め……」

「セレーナ……」

私の些細《ささい》な抵抗はあっという間に押し切られ、温かな舌が性急に口の中を動き回ると、私の舌を絡め取る。

ちゅ、ちゅ、と音を立てながらオスカー様は私の唇に噛《か》み付くようにして、様々な角度から口付けていく。

ついこの間までは口付けすら初めてでぎこちなかったというのに、たったの半年で彼はすっかりその腕前を上達させていた。

……それほど私たちが口付けを交わしているということでもあるのだが。

「っはぁ、セレーナ……やはり遠乗りはやめにして、このまま部屋に行こうか……」

ぷつ……と舌を抜き取って唇を離したオスカー様は、顔を赤らめて猛烈な色気を放ちながらそう告げた。

この期《ご》に及んでこの人は何を言い出すのか。

「もう！　遠乗りに行くことはずっと前から約束していたではありませんか！　私はずっと楽しみに待っていたのです。この日を逃すとなかなか時間の調整が難しいとおっしゃっていたのは、あなたでしょう⁉」

「……やはりダメか……」

「当たり前です」

「そうか、わかったよ……」

「……何もそこまで落ち込まなくても」

「別に、落ち込んでなどいないさ……」

そうは言いつつも、目に見えてしょんぼりと頭を下げてしまったオスカー様を見て、私の中でほんの少しだけ申し訳なさが生まれる。

「……から帰ってきましたら」

「ん？」

「……遠乗りから帰ってきましたら、お相手できますわ」

顔から火が出そうなほど恥ずかしくなり、私はオスカー様から目を背けながらぼそぼそと呟《つぶや》いた。

すると彼の表情が一転、眩《まぶ》しいほどにぱあっと明るくなる。

「本当か!?　セレーナ、絶対だからな？　よし、それなら遠乗りへ行こう。さあ支度をしよう！」

ああ、私はなんて公爵夫人らしからぬことを言ってしまったのだろうか。

自分はこんな性格であっただろうかと我ながら呆《あき》れてしまう。

これではすっかりオスカー様のペースではないか。

「ベル、セレーナの支度を整えてくれ。馬に乗るから、動きやすい服装がいいだろう」

「かしこまりました」

オスカー様はベルに指示を出すと、自らも着替えなどの支度を済ませるために食堂を出ていった。

「……ごめんなさいね、見苦しいものを」

一部始終をしっかりと目にしていただろうアンナやベルにそう声をかけると、二人は何とも気まずそうな表情を浮かべて顔を見合わせた。

「いいえ、むしろ私たちの方こそ、退室すればようございました。なかなかいいタイミングが見つからず……申し訳ございません」

「あなたたちが謝ることではないわ。本当に、公爵となられたのだからもう少し時と場所をわきまえていただきたいのだけど……」

「お二人が二度目の結婚式をおこなわれてからもう半年も経ちますのに、オスカー様の奥様への愛情は恐ろしいほどに深まる一方で……いえ、夫婦仲がよろしいことは何よりです」

アンナは慌てて自らの言葉を否定したが、私も彼女の言葉には完全な同意なのだ。

名実共に夫婦となって半年、相変わらずオスカー様からの愛は重すぎる。

「やはり童貞の初恋は厄介《やっかい》だったのね」

以前サマン様から言われたことを思い出す。

「何かおっしゃいましたか？」

「いいえ、何でもないわ」

私はベルの手を借りて支度を終えると、馬小屋の前でオスカー様と落ち合った。

トーランド公爵家の庭はそのまま進むと森へと通じており、今日の遠乗りもそちらへ向かうと聞いている。

着替えた私の姿を見て、なぜか彼は嬉《うれ》しそうだ。

「セレーナ、その服もよく似合っている。脱がせやすそうなところがなんとも……」

「そのお言葉はただの変態です」

これでは公爵どころかただの変態じじいではないか。

結婚してから私に言い返されることにすっかり慣れたオスカー様は、散々悪口のようなことを言われても気にも留めていないらしい。

今もあっけらかんとした顔でニコニコと微笑《ほほえ》む彼の姿が恨めしく、私はジッと横目で睨《にら》みつける。

「残念だがその顔は逆効果だ。もっといじめて君から甘い悲鳴を聞きたくなってしまう」

「……」

私は思わず天を仰いだ。もはや何を言い返しても無駄だろう。

むしろ私の方が疲れてしまいそうだ。

「ほら、乗れるか？」

オスカー様はそう言って、私に向かって手を差し出す。

焦げ茶色のたてがみを持つ立派な馬が、その先で私を待ち構えていた。

「私が手綱《たづな》を握ってもよろしいですか？」

「……君が手綱を……？」

オスカー様は突然の私の申し出に、キョトンとした顔で目を見開く。

「実は結婚前までは私もよく乗馬をしていたのです。嫁入り前の娘がと、父にはよく渋い顔をされておりましたが」

「初めて聞いたぞ、そんなこと」

「だって初めて言いましたから。なかなか言い出せなくて」

「だが私は君に後ろから抱き締めてもらいたかったのだが……」

「はあ？」

私はつい公爵夫人らしい話し方を忘れて、オスカー様をポカンと見つめる。

この人はまた一体何を言っているのだろうか。

「君が私の後ろに乗れば、遠乗りの間ずっと君は私にしがみついてくれるだろう？」

「……まさか、それが遠乗りをしたい理由ですか？」

再び睨むようにオスカー様を見つめれば、途端に彼は慌てだしてしどろもどろになる。

「ち、ちち、違う！　そのようなことは絶対にない！　純粋に君と人気《ひとけ》のない自然溢《あふ》れる場所で、静かに過ごしたいと思っただけで……」

「人気のない……」

だめだ。オスカー様の話すことが全《すべ》て下心溢れた内容に聞こえてしまう。

もはや私の耳も彼のせいでおかしくなってしまったのかもしれない。

「と、とにかく！　今日は私の後ろに乗ってもらえないだろうか……」

だんだんと声が小さくなり、最後の方はゴニョゴニョとした曖昧《あいまい》な小声になってしまったオスカー様は、相変わらず子犬のようで。

——ああ、敵《かな》わないなぁ。

本人は気づいているのかわからないけれど、私は彼のこの表情にとてつもなく弱いのだ。

完璧な王子様のような見た目をしているというのに、蓋を開けてみれば情けないところだらけ。

それでもそんな彼のことが愛《いと》おしくてたまらないのだから、恋は盲目とはよく言ったものである。

「もう……今回だけですからね」

「セレーナ、ありがとう！　愛している……」

そう言って口付けを交わそうと近づいてくるオスカー様の唇を、両方の手のひらで押さえる。

「いつまでも出発できませんわ。このままここで日が暮れてしまいます」

「……相変わらず君は……」

少し悲しそうな表情を浮かべたオスカー様であったが、気を取り直したように私の手を取り馬に乗せると、自らもその正面に座って手綱を握り締めた。

「さあ、出発だ。しっかり掴《つか》まっていてくれよ」


どのくらい馬を走らせただろうか。

あたりを見渡せば人の気配は一切なく、草が生い茂る草原に出たようだ。

風を切って走るのは何とも気持ちがいい。

あれほど下心に溢れた言葉を発していたオスカー様は、いざ馬が走り出すと真剣そのもので。

私の予想に反して真面目《まじめ》に馬を走らせている様子に拍子抜けしてしまう。

——かっこいい。

ふいにそんな言葉が頭の中で浮かび上がり、私は後ろからしがみつく腕の力を強めた。

この人が私の旦那《だんな》様なのだ。

普段は恥ずかしさもあってなかなかキツイ物言いしかできないが、本当はオスカー様のことが大好きな私。

その思いを素直に口にすることができていないため、彼には不安を抱《いだ》かせてしまうことがあるのかもしれない。

「驚いた。本当に乗馬がお上手《じょうず》なのですね」

「……前に遠乗りが趣味だと話しただろう。信じていなかったのか？」

確かに二人で朝食を食べるようになってすぐの頃、彼は乗馬が趣味であると話していた。

「まさか本当にここまでの腕前とは思いませんでした」

「君の中の私のイメージは一体どうなっているんだ……」

「素敵ですわ」

「……えっ……今何か言ったか？　私は聞き間違えをしたのかも……」

「あなたのこと、いつも素敵なお方だと思っていますわ」

「そ、そうか……ありがとう。……しっかり掴まっていてくれ、動揺で馬が暴走するかもしれない」

どこか上ずったその声に、顔は見えないが彼の顔が真っ赤になっているであろうことは容易に想像がつく。

——相変わらず少年のようね。

私はオスカー様に言われた通り、落ちないようしっかりと後ろからその身体《からだ》に腕を回した。

すると同時に、いつもと同じ彼の香りがふんわりと漂ってきて心が安らぐ。

閨を共にするようになってから気づいたのだが、しっかりと腹筋がついて引き締まったその身体は男らしい。

普段は子犬のようなオスカー様も、立派な男性なのだということを思い知らされる。

「……セレーナ？」

突然無言になった私を怪しく思ったのか、怪訝《けげん》そうにオスカー様が尋ねてきた。

「いえ、失礼しました。少し考え事をしていましたの」

「大丈夫か？　長く馬に揺られて気分でも……少し休憩でもするか」

「なんともありません。大丈夫ですわ」

「それならいいが……」

何とも頼りない旦那様ではあるが、オスカー様はいつだって優しい。

相変わらず言葉選びは下手《へた》くそで、誤解を招くような表現をすることも多々あるのだが。

いつだって私のことを一番に、そして大切に思ってくれているのだということはよくわかる。


「少し離れたところに護衛はつけてあるから安心してくれ」

森を抜けてしばらく進んだところでオスカー様は馬を止め、自らが先に降りた後にそっと私を抱きかかえて馬から降ろしてくれた。

そんな何気ない仕草にすら、心臓がどきりと音を立ててうるさい。

「ありがとうございます。……ここは……」

あたりを見渡せば、一面の草原。

風に吹かれてそよそよと揺れている草たちを見ているだけで癒《いや》される。

「絶景だろう？　日が落ちる頃には夕暮れが綺麗《きれい》なんだ。君と結婚する前は、時折こうしてここで何も考えずに一人で過ごしていた」

オスカー様はどこか遠くを見つめながらそう呟く。

「うまく言葉では言い表せないのだが……たまにどうしようもなく虚《むな》しくなることがあったんだ。そのような時は、一人になってその気持ちを吐き出して切り替えたかった」

「オスカー様……」

普段の彼の様子からは忘れてしまうのだが、幼少期の辛《つら》い記憶は未《いま》だにその心の奥に残っているのかもしれない。

どうしようもなく寂しそうなその横顔に胸が苦しくなる。

「セレーナ？」

気づけば私はオスカー様の手をぎゅっと握り締めていた。

「今は私がおります。一人で抱え込まないでくださいませ」

「セレーナ……君は私の生きる希望だ」

「え……」

「こんなに何気ない毎日が楽しいと思ったことは、今まで一度もなかった。君の色々な表情が見てみたいし、君との思い出をもっと作っていきたい」

「オスカー様……」

「そして、君ともっと愛し合いたい」

オスカー様にしては珍しく素敵な言葉と雰囲気であったというのに、最後の一言で全てが台無しだ。

私は呆れを込めた視線を彼に送る。

「な、なんだ、その目は……私は何か変なことを言ったか？」

「せっかくいい雰囲気でしたのに。オスカー様のせいで台無しですわ」

「そんなことはない。私はいつだって君が隣にいるだけでこうなってしまう」

そう言うとオスカー様は私の手を取り、自らの胸元へと押し当てた。

手のひらから感じる鼓動はとても速い。

「わかっただろう？　君がそばにいるだけで胸が苦しくなるほどに、君のことが好きでたまらない。愛しているんだ」

「オスカー様……」

「セレーナ、顔をよく見せて」

オスカー様は私の顎《あご》に手をやるとくいと持ち上げ、口付けた。

温かく柔らかな唇が、私のそれをそっと包み込む。

以前のように無理矢理強く唇を押し付けることはなくなり、様々な角度から確認するように啄《ついば》まれる。

「んっ……ふっ……」

唇が離れた一瞬の隙に息を吸い込むが、すぐにまた唇を塞《ふさ》がれてしまい呼吸が苦しくなってしまう。

「セレーナ……はあっ……」

目尻を赤らめたオスカー様は切なげな表情を浮かべながら、私の頬《ほお》を両手で押さえて口付けを繰り返す。

やがてどこから入ってきたのか、ぬるりとした彼の舌が私の歯列をなぞるように動き回り始めた。

「ん、オスカー様、ダメですわ。せっかく素敵な場所に来たというのに……」

「だが我慢ができない」

「……それならば、屋敷に戻ってからのお約束を無しにしますわよ？」

「な、なぜそうなる！」

顔面蒼白《そうはく》になって私の両肩を掴むその姿が何とも情けなくて、私はつい笑ってしまった。

先ほどの乗馬の時とは大違いである。

「……笑い事ではない」

「だって。これが未来の宰相候補であるトーランド公爵の本当の顔だとは、誰《だれ》が想像できるでしょうか」

「このようになるのは君の前だけだ。それは君もわかっているだろう？」

「ええ、わかっていますわ」

「セレーナ……私の愛しい人」

オスカー様はそう言うと、私の髪をひと房《ふさ》手に取って口付けた。

その不意打ちの仕草が何とも色っぽくて、鼓動が速くなり胸が苦しくなる。

「オスカー様……」

「ああ、やはりもう帰ろうか。このままではここで君のことを襲……」

「ええそうしましょう」

またとんでもないことを言い出しそうな雰囲気を事前に察したので、私は彼の言葉に被《かぶ》せるように
して頷《うなず》いた。

「お願いです。帰りこそは私に手綱を握らせてくださいませ」

「……君がどうしてもというなら」

「ええ、どうしても握りたいのです」

オスカー様は渋々といった様子で、私をそっと抱き上げると馬の前方に乗せた。

久しぶりに握る手綱の感触に胸が高鳴る。

「私も一緒に手綱を握ってもいいだろうか」

「……はい？」

「君を後ろから抱き締めていたら、邪《よこしま》な気持ちが止まらなくなりそうだからな」

「いいですけれど……」

オスカー様は自らも馬に跨ると、後ろからぴったりと寄り添うように身体を密着させて、そっと手綱を握った。

「もうこれだけで気がおかしくなりそうだ」

「やめてください、いい歳《とし》をしてそんなこと」

「自然の定めには逆らえない」

「意味わからないことを後ろからおっしゃらないでください。気が散って集中できませんわ」

するとオスカー様は反省したのか、それ以降屋敷に着くまで口を開くことはなかった。

ただ手綱を握っていたはずの手が、なぜかいつのまにか私の手の上に重ねられていたことについては触れないでおくことにしよう。


「今日は楽しかったですね。あれほど自然に触れたのは久しぶりですわ。空気も澄んでいて、いい気分転換になりました」

「ああ。癒されたな」

「これでまた明日からも頑張れそうですわね」

あれから屋敷へと戻った私たちは夕食をとり、湯浴みを済ませた。

そして寝間着に着替え、夫婦の寝室で寛《くつろ》いでいるところである。

「しばらくは仕事が忙しくなってしまうから難しいかもしれないが……また二人で出かけたい。次は流行《はや》りのレストランにでも行ってみようか」

「ええ！　楽しみです！」

私は嬉しくなって、ついオスカー様の腕にしがみつく。

湯浴みを終えたばかりの彼からは石鹸《せっけん》の香りが漂い、まだ湿り気を帯びている金髪からは雫《しずく》が滴《したた》り落ちていた。

彼の輝くような金髪が、雫によってキラキラと光っている。

「あ、髪の毛が……まだ濡《ぬ》れていますわ。風邪《かぜ》をひいてしまいます」

オスカー様の髪を拭くためにタオルを取りに行こうと立ち上がると、後ろから手首を強く掴まれた。

「大丈夫だ。それよりも……」

彼は私の手を引っ張ると、そのまま首元に唇を落とす。

「ちょ、オスカー様……んんっ」

そして舌でつ……となぞるように首筋からだんだんと下りていった。

「あのように可愛くしがみつかれては、もう我慢の限界がきてしまうだろう？」

「でも、髪の毛が……」

「そのうち乾く。今はまだ外も暖かいから、大丈夫だろう」

「あ、でもっ……」

「もう黙るんだ」

「ん、ふうっ……」

オスカー様は私を黙らせるように、口を塞いだ。

温かく湿り気を帯びた唇は、私に安心感をもたらす。

「さあ、約束だろう？　朝まで離してやらないからな」

「朝までなんて、そんな約束はしておりませんわっ……」

「一度で我慢できるわけがないじゃないか。ほら、早くこちらへ」

彼はそのまま私の膝《ひざ》の下に手を入れるとそっと抱き上げ、寝台の上へゆっくりと下ろす。

ドサリと上から跨《また》ぐようにして覆い被さるオスカー様の色気はダダ漏れで、私は直視することができない。

「なぜ私から目を逸《そ》らすのだ」

少し拗《す》ねたような顔でそう尋ねるオスカー様。

「だっ……だってオスカー様があまりにも素敵で恥ずかしいのです」

するとみるみるうちに真っ赤になっていく。

こういうところが可愛いのだ。

「ああ、もう！　私のペースを乱さないでくれ！」

恥ずかしさを隠すように私の首元に顔を埋《うず》めたオスカー様は、そのままそこを唇で強く吸い上げた。

同時に走るチクリとした痛みに思わず身体に力が入ってしまう。

「いっ……」

所有印をつけられたのだとすぐにわかった。

独占欲が強いのか、オスカー様はよくこれをつけたがる。

一体その知識はどこで得たものなのだろうか。

「君が私のものであるということを残しておきたくて」

「これでは明日着られるドレスが限られてしまいます……」

「君は何を着ても美しいから安心してくれ」

「そういう意味ではないのに！　んんっ」

私の抵抗などお構い無しに、オスカー様は二つ三つと所有印をつけていく。

チクリとした痛みはやがて麻痺《まひ》し始め、快感となって私を襲った。

「ああセレーナ……私の痕《あと》がこんなにたくさん。なんて綺麗なのだろう」

感嘆の眼差《まなざ》しで見つめるオスカー様を、私は恨めしげに見上げた。

「これはやりすぎです」

「そうか？　私的には足りないくらいだ」

「ベルの仕事が増えてしまいます」

「公爵夫妻の仲がいいことは素晴らしいことだ」

「ではオスカー様。今日は私もやってみたいことがあるのです」

「……な、なんだ？」

私はオスカー様の身体をゆっくりと押し倒して寝台へ横たわらせると、今度は自分がその上に跨った。

「セレーナ!?」

「しーっ、黙っていてください」

私はオスカー様の唇に人差し指を当てて黙らせると、しっとりとした唇を指でなぞった。

そしてそのままゆっくりと口付ける。

「……!?」

突然の私からの口付けに戸惑う様子を見せていたものの、やがて身体の力が抜けてその行為を受け入れ始めた。

「んっ、セレーナっ……はあっ……」

ちゅく、ちゅく、とゆっくり彼の口の中を私の舌でいっぱいに満たしていく。

オスカー様は突然の出来事に呆気《あっけ》に取られつつも、その反応はまんざらでもなさそうだ。

おかげでいつもはすぐに絡め取られてしまう舌も、今日は私の思うままに動かせるだろう。

「オスカー様……気持ちいい、ですか？」

「ああ……セレーナ、もっと……やめないでくれ……」

恍惚《こうこつ》とした表情で私の口付けを受け入れるその姿に、不覚にも下腹部がキュンと疼《うず》いてしまう。

飲み込めずに溢れ出した唾液が、唇の隙間からつ……と伝う様はなんとも妖艶《ようえん》だ。

口付けとはこれほどまでに甘美なものであったのだろうか。

オスカー様と唇を重ねるたびにそんなことをいつも思う。

きっとそれは私たちの想いが通じ合い、私も彼のことを愛しているからなのだろう。

私はゆっくり唇を離す。

絡まり合った唾液が銀色の糸を引く様子に、オスカー様は顔を赤らめてうっとりとした表情を浮かべた。

「セレーナ……今日はどうしたんだ？　その……かなり積極的じゃないか？」

「嫌ですか？」

「嫌なわけがないだろう、大歓迎だ」

真顔で即答するオスカー様に、つい笑ってしまう。

私の旦那様はなんて素直で可愛いのだろうか。

先ほども彼に話したように、これがトーランド公爵の本当の姿であることは、ほんの一握りの者しか知らないはず。

さらに閨での姿を知るのは私ただ一人だけ。

その事実が私を何とも言えない優越感と幸せに浸《ひた》らせる。

「たまには私にやらせてください」

「セレーナっ……くっ……」

私はそっと彼の首元に顔を埋める。

そこは濃いほどに鼻をかすめる大好きな香りと、男性の匂いが混ざり合っていた。

舌でなぞるように舐《な》め上げると、オスカー様はビクッと震える。

その様子を確認しながら、今度は先ほどの彼の真似《まね》をしてそのままそこを強く吸い上げた。

「ああっ！　セレーナ……」

「オスカー様のここに、私の痕が……嬉しい」

そう言いながらその痕を指でなぞる。

「……くっ……」

彼はただそれだけの動作にさえも感じてしまっているようだ。

しゅるっと寝間着の腰紐《ひも》を解《ほど》けば、あっという間に露《あら》わになる逞《たくま》しい胸元。

鍛えられたそこは程よく引き締まり、見ているだけで鼓動が速くなってしまう。

私は、ちゅ……とオスカー様の胸元に口付けた。

そのまま身体中に唇を重ねていく。

「セレーナ！　もどかしくて、頭がおかしくなりそうだ……早く！」

「早く、なんですか？」

「ああ君は……本当に意地悪だ」

目元を赤らめて拗ねたような顔でこちらを睨むその姿は、怖いどころかただただ色気が溢れ出るだけである。

ふと下に目をやればすでに彼の下穿《したば》きは大きく膨れ上がっていて、この状況にオスカー様も興奮してくれていることがよくわかった。

「ここ、触ってほしいのですか？」

「い、いや！　触らなくていい！　早く君の中に挿《い》れさせてくれ……」

二度目の初夜で初めて身体を繋《つな》げてからこれまでずっと、オスカー様は自身のそれを私に見せようとしない。

いつもそれが目に入る前に隠されてしまうのだ。

本人曰《いわ》く恥ずかしいからということなのだが、私だけいつも隈《くま》なく見られているというのもなんだか納得がいかない。

私は抵抗しようとしたオスカー様を制して、勢いよく下穿きをずり下ろした。

「あっ！　こら、セレーナ！　何を！」

オスカー様の悲痛な声が寝室に響く。

下穿きから逃れるように飛び出したものは、それは大きかった。

貴公子のような彼の見た目にはそぐわないほど血管が浮き出しており、色もどこか人間離れしたような赤黒さである。

これがいつも私の中を自由に動き回っているのかと思うとなんだか不思議な気分で、私はついじっとその屹立《きつりつ》に見入ってしまう。

「セレーナ、頼むからそんなに見ないでくれ……」

「なぜですか？　いつも私のことはたくさん見るくせに……」

「それはその……君を怖がらせたくなくて。恐らく私のものは他人より大きい……はずだから……」

私は他の人のものを見たことがないので比較はできないが、恐らく彼の言う通りなのだろう。

「怖くありませんわ。オスカー様の一部なのだと思うと、全てが愛おしいです」

私はそう言って、屹立にも唇を落とした。

より一層強くなった男性の香りに、私の方こそ気がおかしくなりそうになる。

「な、な、な……！　だめだ、そのようなところ……！」

涙目でそう訴えるオスカー様はまるで女性のようだ。

傍《はた》から見たら、男女が逆転しているのではと思われるかもしれない。

「舐めてはいけませんの？」

「な、舐めて……？　セレーナ、一体どこでそんなことを覚えたんだ……」

「それは内緒です」

「舐めてはほしいが、今日はもう我慢できない。朝からずっとお預けを食らっていたのだから……。

それに先ほどから君に焦《じ》らされてばかりで、今にもはち切れそうだ」

オスカー様は切羽詰《せっぱつ》まった様子でそう訴える。

これ以上焦らすのはかわいそうになってしまい、私はそっと自分の寝間着と下着を脱ぎ捨てた。

はらりと床へ落ちていく服たちを、オスカー様は唖然《あぜん》とした様子で見つめている。

「セレーナ……」

そっと屹立を私の蜜口にあてがう。

まだ何もしていないのに、既にそこは湿り気を帯びているということがわかる。

そしてそのままお互いの秘部が擦れ合うように私は腰を動かした。

「んっ……」

「セレーナ……まだ君の中を解《ほぐ》していないだろう？　このままでは痛んでしまうかもしれない……」

「大丈夫、ですわっ……あぁっ……私も早くあなたが欲しいのです」

くちゅくちゅといやらしい音を立てるそこは、既にオスカー様を待ち侘《わ》びているのだ。

私は彼の屹立を持ち、蜜口に狙いを定めてそのまま腰をゆっくりと下ろしていく。

未だに狭いそこは、オスカー様の大きな昂《たかぶ》りを呑《の》み込んでいくことに必死だ。

「あっ……大きい……」

「セレーナ！　痛まないのか？　……ああ、中は熱いな……」

「大丈夫ですわ……少し、キツいだけ……んんっ」

ゆっくりと腰を上下に動かすと、いつもより屹立が奥深くに入り込むような気がして、思わず身震いしてしまう。

それはまるで私の中をかき回すように勝手に動き回り、そのたびに飛び出した先端が入り口に引っかかる。

「んあっ……気持ちいい……」

「このまま続けられてはすぐに出てしまう……。セレーナ、場所を変わろう」

「嫌ですわ。そのまま中に出してくださいませ」

「ああ、もう君はっ……はあっ……」

堪《こら》えるような吐息を漏らすオスカー様が可愛くて愛おしい。

果たして私にはこんな趣味があったのだろうか？

彼の胸元に両手を置き、激しく腰を揺さぶれば、繋がったところから溢れ出す愛液はどんどんと増えていき。

あっという間に溢れ出してオスカー様の下生えを濡らす。

腰を動かすたびに聞こえる粘着質な音がなんともいやらしく、少し恥ずかしい。

だが勝手に動く腰を止めることはできなかった。

「んっ、音……恥ずかしい……」

「こんなにいやらしく腰を振っているのに？」

「いや、意地悪を言わないでください」

「っ……そうやって首を振る姿も可愛いよ、セレーナ……はぁっ……もう、出そうなんだが……」

「出してくださいませ」

私は渾身《こんしん》の力を振り絞り、激しく屹立を揺さぶった。

あまりの快感に力が抜けそうになる。

「あっ……セレーナ！　出るっ……くっ……」

「んんっ……」

切なそうに眉間《みけん》に皺《しわ》を寄せながら、彼はビクビクと震えた。

繋がっているところがジワジワと温かくなり、私はその余韻に浸るようにして目を閉じた。

オスカー様の愛を一身に受けているように感じるこの瞬間が大好きだ。

「上手にできていましたか？」

ゆっくりと目を開けてそう尋ねると、彼はまだ息を荒げながら熱っぽい視線をこちらへ向けた。

「……最高だった」

「なら良かったですわ」

「だが」

「……だが？　きゃぁっ！」

するとオスカー様は私の腰に両手をあてがい、そのままぐるりと反転したのだ。

あっという間に私は彼に組み敷かれる。

「まだまだ足りない。君のことをもっともっと愛したい」

「でも今、終わったばかりで……少し休憩を……むぅっ……」

最後まで言い終えないうちに唇を塞がれてしまった。

「んんっ……ふうっ……」

ねっとりとしつこいほどの口付けは、私を離してはくれないらしい。

ゆっくりと歯列をなぞり、舌を吸い上げる。

そして唇を甘噛みされたかと思うと、再び舌をねじ込まれた。

こんな技、一体いつのまに覚えたのだろうか……。

結婚当初の彼が童貞であったという事実が今では信じられない。

「オスカー様、苦しい……」

「今日は手加減しないからな。朝まで離すつもりはない」

「そんな、先ほどの発言は本気だったのですか⁉」

「当たり前だろう。最近仕事が忙しくて、君のことを十分に可愛がってやることができていなかったからな」

「いえ、しつこ……十分なほどに大事にしてもらっていますわ」

「今何か余計なことを言わなかったか？」

「……気のせいでは？」

「まあいい。とにかく、今夜は覚悟してくれ」

「あっオスカー様！　……私、もう……」

「まだだめだ。ほら、もっと声を聞かせてくれ」

「いや、あんっ……」


それからどれほどの時間が経ったであろうか。

私はしつこいほどの愛撫《あいぶ》を受け、何度達してしまったのかわからない。

執拗《しつよう》に舐められ吸い上げられた胸の先は赤く腫れ上がり、蜜口からはどちらのものともわからぬ液体がこぼれ落ちている。

私たちの下に敷いてあるシーツにも無数の染みが。

「セレーナ、君のそんな姿を見ることができるのは私だけだ」

「突然何を言うのかと思えば……そんなこと当たり前でしょう。私はあなたの妻なのですから」

「ああ、もっと早く君と出会えていたら」

「……え？」

「そうしたら、もっと長い時間を君と過ごすことができたというのに」

「もう、大袈裟《おおげさ》ですわ。これから死ぬまでずっと一緒にいれます」

「私は本気だよ、セレーナ。今から君と離れ離れになるのが辛くて……」

そう言うオスカー様の目には薄《うっす》ら涙が浮かんでいるように見えて、私はギョッとした。

「ちょ、また泣くのですか!? 今? この雰囲気で!?」

「いつか君が先に死んでしまう未来が来たらと思うと、不安で仕方がない。その時は私も必ず後を追うと約束しよう」

「勝手に私のことを先に殺さないでください。せっかく想いが通じ合ったのです。共に過ごす時間を大切に、幸せなものにしていきましょう? 先のことを考えて不安になっていては時間がもったいないですわ」

「それもそうだな……君の言うことはいつも正しい」

「だから元気を出してください」

「大丈夫、ちゃんとここは元気だから」

目元を指で押さえながら、オスカー様は腰を反《そ》らせるようにして自分の屹立を強調した。

確かにそれは今にも腹についてしまうほど、天を仰ぐようにして勃《た》ち上がっている。

「……そんなことは聞いておりません！ 今まであれほど見せたくないとおっしゃっていたのに、急にそのようなものを見せつけないでくださいませ！」

「先ほど君が上に乗った時に散々見られたせいか、なんだか恥ずかしさがなくなったみたいだ」

「それはあまりに極端すぎませんか」

「いいだろう、別に」

心配したのが馬鹿《ばか》らしい。

この人は一体何を見せつけているのだろうかと、私の方が恥ずかしくなってしまった。

「愛してるよセレーナ」

そう呟くと彼は私の上に跨るようにして覆い被さり、片足を持ち上げてグッと腰を沈める。

「あっ！　んんっ……そんないきなり……」

すっかり気が緩んでいた私は、突然の強すぎるほどの衝撃に身震いしてしまう。

「十分すぎるほどに柔らかく解したはずだが？」

その言葉通り、私のそこはいとも簡単に彼の大きな屹立を受け入れた。

「ああ……本当に君は何もかもが最高だ」

そう言うと恍惚とした表情で目を閉じた。

揺さぶられる意識の中で、私はぼんやりと彼の顔を見つめる。

いつ見ても彫刻のように美しいその見た目は、私が初めてオスカー様の姿絵を目にした時とほとんど変わっていない。

だが一つだけ。

彼の表情から翳《かげ》りがなくなったことがあの時との大きな違いだろうか。

あの姿絵にはどこか人生を諦めてしまったような、そんな雰囲気が漂っていた。

今の彼からは微塵《みじん》もそのような様子は感じられない。

「んっ……オスカー様」

「なんだ？」

「愛しています。あなたと結婚できて、毎日が幸せです」

「……っ！　ああ、私もだ！　私も愛しているよ、セレーナ！」

「……毎回そんなに大きい声で言わなくても聞こえていますわ。……それに、あなたのその言葉はさっきも聞いたばかりです」

相変わらず興奮するとすぐに声が大きくなるせいで、耳がキーンと痛くなる。

「何度伝えても足りないと思って。私はあの初夜の出来事を挽回《ばんかい》するために、これからも君への愛を伝え続けるつもりだ。しつこいくらいに」

「それはそれでどうかと思いますけど……ああっ！」

まるで自らの存在を主張するかのように、腰をぐりぐりと押し付けてくる。

そして中を抉《えぐ》るように刺激され、かき回される。

私は呼吸することも忘れてしまいそうになりながら、必死に彼の背にしがみついた。

いつしか中はすっかり解れ、オスカー様の形に変わってしまった。

「セレーナ、少し両足を上げて」

「……？　いや、恥ずかしい……」

「じゃあ私が代わりに」

「え、ちょ、やあっ!?」

そう言うと両足首を持たれ、そのまま勢いよく上げられたかと思うと、足先が顔につきそうなほどにグッと押さえ込まれた。

「ほら、こうするとよく見える」

「……見たくありません」

「嫌でもここを意識してしまうほどに気持ちよくしてあげるから」

「そんなの、別に……んっ、あっ……や、だめっ……深……」

足を高く上げられたことで、これまで以上に私たちの繋がりは深くなってしまったらしい。

普段決して触れることのない下腹の奥深くまで、切っ先がトントンと迫り来る。

そのたびにあまりの気持ちよさと苦しさが混ざり合って息が止まりそうになった。

「だめ、です……くる、し……」

「ほら見て。ちゃんと目に焼き付けておかないと」

絶対にそんなところを見たくはないのに、与えられる刺激によってついそこへと目がいってしまった。

ずるる……と出入りを繰り返すオスカー様の昂りは、いつになく膨れ上がっている。

どちらのものともわからない体液でてらてらと光るそれは、とても凶暴そうだ。

あれほど大きなものがすっぽりと私の中に収まっているのだと思うと、恥ずかしい気持ちと共に余計に下腹がキュンと疼いてしまう。

「……っ、セレーナ……今キツくなって……」

「……んっ……え？」

「もうもちそうにない……出してもいいか？」

「恥ずかしいから、聞かないで……」

その私の答えを了承と捉えたのだろう。

オスカー様は私の足を掴んだまま、渾身の力を振り絞るように腰を打ちつけ始めた。

「ああっもう、だめ！　私おかしく……！」

「おかしくなっていいから、もっと君の声を聞かせてくれ！」

腰の動きは一向に弱まる気配を知らず、それどころか彼は同時に私の秘芯を指で摘まみ上げた。

その瞬間に電流のような激しい快感が私の身体中を巡り、思わず全身に力が入ってしまう。

「やっ……そこは……んあああっ!!」

ガクガクと身体が震え、視界がぼやけそうになり全身に力が入らない。

私の意識が遠のきそうになったその時、オスカー様も私の奥深くで達したようだ。

「セレーナ……はあ、二度目だというのに、たくさん出てしまったようだ」

ぼうっとその様子を眺める私の頬をそっと撫《な》でると、彼はそのまま私をふわりと抱き締めた。

二度の激しい行為に加えて日中の遠乗りの疲れも出たのか、私はそのまま眠りについてしまったらしい。

ふと目を覚ますとあたりは暗く静まり返り、まだ朝を迎えてはいないようだ。

隣に誰かの気配を感じて振り向けば、私を抱き締めるような形で眠る愛しい人の姿があった。

結局眠り込んでしまった私に気を遣って、朝まで抱き続けることは諦めてくれたらしい。

子どものようなあどけない寝顔につい笑みがこぼれてしまう。

いつか彼によく似た子どもをこの腕に抱く日がくるのだろうか。

でも今はもう少しだけ、二人だけの甘い時間を過ごしたい。

「オスカー様、これからもずっと一緒にいましょうね」

私がそう耳元で囁くと、オスカー様は目を閉じたままふんわりと微笑んだ。

髪を濡らしたまま眠ってしまったせいで、オスカー様は案の定、翌日に大きなくしゃみをし始めた。

「ほら、だから言ったでしょう？」

「セレーナ、熱が出たら看病をしてくれるか？　この前ワインを飲んで倒れた時のように、私を置いていかないよな？　一人にしないでくれ……」

「さあどうでしょう」

「頼む、今度こそ君が来てくれないと私は駄目になってしまう……」

私の旦那様は、いつまでたっても困った人だ。

でもそんな彼のことを私はこれから先もずっと、愛し続けるだろう。

彼は私にとってかけがえのない最愛の人なのだから。

番外編　アンナの憂鬱

私がトーランド公爵家に仕えてから、もう三十年近くになるだろうか。

先代公爵様に仕え、そして今では新しく公爵となられた息子のオスカー様と公爵夫人であるセレーナ様にお仕えしている。

オスカー様は幼少期に複雑な環境に身を置いていたこともあって、少しその性格に難があるようで。

公爵令息としては多すぎるほどの執務を難なくこなし、淡々と同じことを繰り返すだけの日々。

その表情にはどことなく翳《かげ》りが見え隠れしていたことを覚えている。

そして結婚適齢期を迎えても、結婚はしない、いずれ養子を迎えればいいと言い出す始末。

それでも先代公爵夫妻に何とか説得されて妻として迎えることになったのが、当時アストリア侯爵令嬢であったセレーナ様なのだ。

失礼ながら私も一緒にセレーナ様の姿絵を見させていただいたのだが、そのあまりの美しさに思わず見惚《みと》れてしまうほどであった。

艶《つや》めく黒髪に意志の強そうなダークブラウンの瞳《ひとみ》。

このお方なら、オスカー様もお心を動かされるかもしれない。

そんな淡い期待を胸に抱《いだ》いていた私の希望は、早々に打ち砕かれることとなる。

『なぜせっかく来てくださった若奥様に、あのような失礼な真似《まね》を……』

セレーナ様は姿絵通りの美しいお方で、気の強そうな見た目に反してとても親切なお方だとすぐに使用人たちの間で評判になった。

しかしオスカー様はあろうことか初夜の場でセレーナ様の容姿を貶《けな》し、王太子妃であるエリーゼ様をお慕いしているとお伝えしてしまったらしい。

『あの時はそれが誠意だと思っていたのだ。だが私が間違っていた……』

後日私に問い詰められたオスカー様は、意外なほどに落ち込み小さくなっていた。

オスカー様とセレーナ様の距離は二度と近づくことのないほど離れてしまったのだが、皮肉なことにオスカー様はセレーナ様に惹《ひ》かれてしまったようで。

日を追うごとに彼女を見つめる目線に熱が籠っていく。

初めて恋を知った主人のことを見守ることしかできず、使用人一同もどかしい思いをしたものだ。

一時は本当にこのまま離縁してしまうのではないかと危ぶまれたものの、寛大なお心を持つセレーナ様のおかげでお二人は一からやり直すことになった。

無事に二度目の初夜を成し遂げられ、名実共にご夫婦となられたお二人は今ではすっかり仲睦《なかむつ》まじい公爵夫妻となっている。

……と、ここまではいいのだが。

「オスカー様、奥様はこちらにいらっしゃいますか？」

「ああ、彼女はまだ眠っている。食事か？　なら私が彼女に食べさせておくから」

僅《わず》かに開いたドアの隙間《すきま》から顔を見せたのはオスカー様である。

そのお顔は艶《つや》やかで、すっきりとした表情をしている。

そしてその奥に見える寝台で、シーツに包《くる》まって眠る奥様の姿。

「……いつまでも奥様をお部屋に閉じ込めておかれるのも、どうかと思いますけれど。このように連日では奥様のお身体《からだ》が持ちませんわ」

「大丈夫だ。私がついているから」

「……それが一番心配なのですよ」

「何か言ったか？」

「……いいえ」

今一番の困り事は、セレーナ様に向けられるオスカー様のお気持ちがあまりに重すぎるということ。

初めて一夜を共にされてからというもの、毎晩のように朝までセレーナ様を求めていらっしゃるようで。

翌日の彼女の顔には明らかな疲れの色が見えているのだ。

おまけにセレーナ様の全身につけられた、独占欲の証《あかし》である大量の所有印。

毎日彼女のドレスを選定するベルの頭を今一番悩ませている問題だ。

なぜなら少しでも胸元が開いたドレスにすると、すぐに赤い痕《あと》が覗《のぞ》いてしまうからである。

「オスカー様、いつまでも子どものような真似はおやめください。そのようなことをなさらずとも、奥様は逃げたりしませんわ。奥様がお倒れになられたら一番悲しまれるのはあなた様でしょう!?」

「セレーナがそう言ったのか？　セレーナは体調が悪いのか!?」

「なぜあなた様は奥様のこととなると、途端にお話が通じなくなってしまうのですか！」

「なぜって決まっているだろう、セレーナは私の全《すべ》てなのだから。何か文句でもあるのか？」

真顔でそう告げる主人の姿に、ついため息がこぼれそうになる。

「……いえ、もうよろしいですわ」

ああ、結婚前のオスカー様はどこへ行ってしまわれたのやら。

すっかりポンコツとなってしまった主人の姿を、私は呆《あき》れた目で見つめた。

それでも執務ではその優秀さを損なうことにはなっていないので、良しとするべきなのだろうか。


数日後、セレーナ様に呼ばれてご夫婦の私室へと足を運ぶと、そこにはまるで魂を抜かれたかのように落ち込んでいるオスカー様のお姿があった。

「オスカー様にね、少し注意をしたのよ」

セレーナ様はお茶を飲みながら、さらりと何でもない様子でそう教えてくださる。

「……それであのように落ち込んでおられるのですね」

「あの調子じゃ公爵夫人としての仕事もままならないでしょう？　そのせいでアンナやベルたちにも

迷惑をかけてしまうことにもなるし。ベルったら、毎日のドレス選びに本当に苦労しているんですもの」

「私たちのことなど、お気になさらず……」

「そういうわけにはいかないわ。オスカー様ももう立派な大人《おとな》の男性よ。公爵にもなられたことだし、もう少し意識をしっかり持っていただかないと」

なんと立派な奥様なのだろうか。

このお方を公爵夫人として迎えることができただけで、私は幸せだ。

「ちなみにオスカー様にはなんと……？」

あの様子を見るによほど厳しく注意されたのかもしれない、と私は少し不憫《ふびん》に思った。

「そこまで大したことは言ってないのよ。周りの人たちのことを考えて行動できないのは、公爵失格だと言っただけなの」

「ああ、それはまた……」

何よりも愛するセレーナ様にそのようなことを言われては、さすがのオスカー様も応《こた》えたに違いない。

彼の周囲にはどんよりとした黒い靄《もや》がかかっているようにさえ見える。

「ご機嫌が戻られるのは、いつ頃になるでしょうかね……？」

あれはあれでかなり厄介《やっかい》な状態だ。

あのままでは恐らく公爵としての仕事にも身が入らないだろう。

「大丈夫。ちょっと待っていて」

心配する私に向けてセレーナ様はそう告げると、机の上に突っ伏したまま動かないオスカー様の元へと向かう。

そして何やら彼の耳元で囁《ささや》いた。

すると驚くことに、その瞬間オスカー様が勢いよく立ち上がったのだ。

先ほどまでの黒い靄はすっかりどこかへ消え去っている。

「アンナ、迷惑をかけて悪かった。私は心機一転頑張るぞ！」

「は、はあ……」

戸惑う私のことなど気にも留めずに、オスカー様はお部屋を出ていってしまった。

「あの、奥様……失礼ながら何とおっしゃったのですか？」

あれほどまでに彼を奮い立たせた言葉は、一体何だったのであろうか。

「ふふ、そうね。教えるのは少し恥ずかしいけど……ただ愛しているとお伝えしただけよ」

そう言ってふんわりと微笑《ほほえ》むセレーナ様のお姿に、私は脱帽した。

ああ、オスカー様がこのお方に敵《かな》うことはないだろう。

そして彼女がいれば今後もトーランド公爵家は安泰であると、胸を撫《な》で下ろした私なのであった。

番外編　かけがえのないもの

「私はもう公爵の座から引退する……もう先は長くはないかもしれない」

トーランド公爵邸の執務室で私は大きなため息をつきながら、鎮痛な面持《おももち》で側近たちにそう告げた。

そばに控えていた者たちはギョッとしたような顔でこちらを一瞬見た後、どうしたものやらと顔を見合わせている。

だが今の私にはそんなことなどどうでもいいのだ。

私の頭の中にあるのは最愛の妻セレーナのことだけである。

二度目の初夜から一年、最近彼女の様子が非常におかしい。

いつもは素っ気ない態度の中にも、恥ずかしさや照れが潜んでいる様子が見て取れた。

そのため心配はしていなかったのだが、ここ数日の彼女の態度は明らかにいつもとは違うのだ。

毎日共にしていた食事も数日前から断られるようになり。

体調がすぐれないからと閨《ねや》まで断られ、挙句《あげく》の果てに別室で休みたいとまで言われてしまった。

「それほど体調が悪いのか？　心配だ、すぐ医者に診《み》せた方が……」

「大丈夫ですわ。あまり皆を騒がせたくもありませんし、もう数日だけ様子を見させてくださいませ」

「だがしかし……」

そんな会話をしたのももはや三日前のこと。

それきりセレーナはすっかり自分の部屋に籠りきりで、表に姿を現すことがなくなった。

「なあアンナ、私はセレーナに嫌われてしまったのだろうか……」

生気を抜かれたようにぶつぶつと独《ひと》り言《ごと》を呟《つぶや》く私に、側近たちは早々と匙《さじ》を投げたようだ。

気づけば執務室には私とお茶を持ってきたアンナの姿だけになっていた。

「私にはそうは思えませんが……なぜそう思われるのですか」

「彼女の態度を見ただろう！　最近では部屋から出てきてもくれない。彼女の顔が見たい……声が聞きたい……」

話しているうちに目の奥がツンとして涙が滲《にじ》みそうになったが、アンナの手前必死に我慢した。

セレーナの前ならば大泣きしていたであろう自信がある。

「オスカー様、あなた様はトーランド公爵になられたのです。それしきのことでそのように動揺なさるなど、公爵のなさることではありませんわ」

「ど、動揺など……」

「それのどこが冷静なのですか」

「む……」

アンナにピシャリと言い切られてしまい、私は返す言葉が見つからない。

「奥様はなんと?」

「皆を騒がせたくないから、もう少しだけ様子を見させてほしいと……」

「左様でございますか」

「心配で居ても立ってもいられないのだ。彼女に何かあったら私はどうすれば……今すぐにでも医師に診てもらいたいというのに」

セレーナを失った生活を想像しただけで、視界がぼやけそうになる。

まるで世界から全《すべ》ての色が無くなってしまったようだ。

彼女は私の世界であり、もはや私の一部なのだ。

「アンナ、セレーナがいなくなってしまったらどうしよう」

ここで堰《せ》き止めていた感情に限界が訪れたようで、私は年甲斐《としがい》もなく嗚咽《おえつ》を漏らしてしまった。

アンナはそんな私を見ると、困ったようにため息をつく。

いい歳《とし》をしてこれほどまでに取り乱した主人に、さすがのアンナも匙を投げるのだろうか。

そう思っていたのだが、アンナの口からは予想外の言葉が飛び出した。

「それほどまでにご心配で仕方がないのならば、奥様にお聞きになるのが一番だと思いますよ」

「だがセレーナは部屋から出てきてはくれない……まるで私を避けているようだ。やはり彼女は私のことなどもう……」

「私がお部屋の入り口までお供します。奥様にお声がけいたしますわ」

公爵の威厳などどこにもない情けない姿を晒《さら》した私はもはやどうでもよくなり、アンナの言葉に素直に従うことにした。


「奥様。アンナでございます」

「アンナ……？　どうかしたの？」

控えめに扉を叩《たた》いてからアンナが声をかけると、扉の奥から弱々しいセレーナの声が聞こえてくる。

「その、オスカー様が……」

「その声！　やはり具合がよくないのではないか！　もう私は待てない、入るぞ！」

「お、オスカー様！」

私はアンナが止めるのも聞かず扉を開けると、セレーナの返事を待たずに部屋へと足を踏み入れる。

「……セレーナ……」

部屋の中は静まり返っており、カーテンも閉められているため昼間だというのに薄暗い。

そしてセレーナの姿は見当たらないため、恐らく横になっているのだろう。

今度は音を立てぬよう気を遣いながらゆっくりと寝台に近づくと、青白い顔をしたセレーナが驚いた顔をしてこちらを見ていた。

「え、オスカー様……なぜこちらに……」

「君が一向に部屋から出てきてくれないからだ。なぜだ!?　なぜ私を頼らない!?　そんなに私は頼りないか？　それほど私のことが嫌いになったのか……」

「そのようなことはありません」

「このような青白い顔をして……君は私一人を残して逝《い》くつもりなのか!?　ずっと隣にいてくれると約束したのに、君は、君はっ……」

そして私はまたもや涙腺が崩壊した。

今度はセレーナの前なので見栄《みえ》を張ることなくボロボロと涙がこぼれてしまう。

「もう……しっかりしてくださいませ。トーランド公爵になられたのですよ」

「君がいてこその公爵だ。君がいなくなるのならば公爵の座を降りようと思っている」

「オスカー様、よく聞いてください」

「嫌だ。何も聞きたくない。また私と離縁するとでも言うのか？　なんとしても認めないからな」

絶対に離縁などするものか。

私はそんな強い意志を込めてセレーナをじっと見つめる。

だがセレーナに怯《ひる》む様子はない。

「オスカー様、落ち着いてくださいませ。離縁などしませんわ。そのようなことは一言も言っておりません」

「ではなんなのだ。まさか君は重い病だとでも言うのか……？　大丈夫、君がこの世を去るようなことになったならば、私も共に逝こう。君を一人にはさせない」

「ああ、もう！　少しお黙りください！」

「ひっ……せ、セレーナ……？」

突然セレーナが怒ったような声を上げたので、私はつい反射的にビクッと震えてしまう。

セレーナはそんな私の様子を一瞥《いちべつ》すると、ふう、と息を吐いてからこう告げた。

「そのような情けないお方、お父様にはなれませんわね」

セレーナが何を言っているのか、私にはよくわからなかった。

「あの、何を言っているのか私にはさっぱり……」

するとセレーナはふっと微笑《ほほえ》んだ。

ああ、なんて美しいのだろうか。

私の妻はまるで女神のようだ。

絹のように滑らかな長い黒髪が、するりと肩から落ちる。

あの黒髪を貶《けな》してしまったかつての自分は大馬鹿《ばか》者だ。

そんなことをぼうっと考えていると、セレーナの呆《あき》れたような声が返ってきた。

「お口が開いておりますわ。もう、そのようなだらしないお顔をして……」

「え、あ、ああっ……すまない」

私は慌てて口元を引き締め、惚《ほう》けた顔を元通りにする。

「それで、お父様というのは……」

「まだわからないのですか？」

「すまない、全くわからないのだが……」

するとセレーナは寝台の横に立つ私の手を取り、自らの腹へと持っていく。

そして腹の上に私の手のひらを載せると、自らの手をそっとその上に重ねた。

「ここに、あなたの子どもが……」

「へ……」

その瞬間、私を取り巻く時間が止まった。

突然のことに頭の中が真っ白だ。

「私たちの子どもが、お腹《なか》にいるのです」

そう告げるセレーナの顔は少し赤らんでいるようだ。

そして私はようやく事態を呑《の》み込み始める。

「子ども……私と、セレーナの……？」

「そうですわ。トーランド公爵家の血を引く子になります」

「トーランド公爵家の……私の、血を……」

「……オスカー様？　大丈夫ですか？」

ああ、これは夢なのだろうか。

結婚など自分とは無縁のものだと思っていたあの頃《ころ》。

セレーナとの結婚が決まってからも、自分には人を愛することはできないと思い込んでいた。

そんな自分に我が子を抱く瞬間が訪れるとは……。

「……また涙が出ておりますわよ」

そして先ほど崩壊したと思っていた涙腺が、今度こそ本当に壊れてしまったようだ。

気づけば涙が洪水のように止まらない。

「オスカー様、もっと私の近くに来てください」

セレーナはそう言うと、私の服の袖を掴《つか》んで引っ張る。

その仕草が小動物のようで何とも可愛《かわい》くて、私は口付けたくなる衝動を必死に抑えながら、言われた通り彼女の隣に腰掛けた。

「セレーナ、なんと言っていいか……本当にありがとう」

「私の方こそ、ありがとうございます。幸せすぎて怖いくらいですわ」

サラサラとした彼女の髪を愛《いと》おしそうに撫でると、セレーナは気持ち良さそうに目を閉じた。

「その、セレーナ……体調が悪いというのは……」

「悪阻《つわり》が始まったようなのです。私はかなり早くから始まってしまったようで、医師に診てもらってもまだ妊娠していると確定できない時期でした」

「だから医師に診てもらうのを先延ばしに？」

「はい……診察してもらって実は妊娠していなかったなんてことになったら、あなたや屋敷の皆をガッカリさせてしまうのではと思って……」

なんだ。そうだったのか。

これまで馬鹿みたいに心配して追い込まれていた自分が恥ずかしい。

「そのようなことはない。逆に心配しすぎて気がおかしくなりそうだった」

「すでにおかしくなっておられましたよね」

ドアの外でそっと様子を窺《うかが》っていたらしいアンナが鋭い指摘を突っ込んできた。

「……そこは内緒にしてくれていてもいいだろう。というより、アンナは知っていたのか？」

「はい。アンナとベルは知っていますわ。私の身の回りの世話をしてもらっている彼女たちには、余計な心配をかけたくなかったので」

「その言い方だと、私には心配をかけてもいいということではないか……」

なんだか面白《おもしろ》くなくて口を尖《とが》らせると、セレーナは面白そうにこちらを見て告げる。

「だってあなたにお伝えしたら、まだ妊娠しているかどうかわからないうちから大騒ぎするじゃないですか」

「それは当たり前だろう！　君は私の全てなのだ、君がいない世界など私も生きている意味がない」

「お、オスカー様……アンナが聞いておりますわ」

「構うものか」

私はそっとセレーナを抱き締めた。

本当は潰《つぶ》れるほどに抱き締めたかったが、お腹の子が心配だ。

こんなにか細い彼女の身体の中に、新たな命が芽生えていると思うとなんとも不思議な気持ちになる。

「だからオスカー様、アンナが……って、あれっ？」

「気を利かせて出ていったのだろう」

「……さすがはアンナね」

セレーナはアンナがいなくなったことを確認すると、私の背に手を回して擦り寄った。

彼女の温《ぬく》もりは私に安らぎをもたらす。

「セレーナ、君は身体を何より第一に考えて過ごしてくれ。公爵夫人としての仕事はおこなわなくていい。代わりに私が引き受けるから」

「ただでさえお忙しいのに、オスカー様にそのようなことをお願いするのは気が引けますわ」

「言っただろう？　君が元気でいてくれることが何より私のためなのだ」

「では悪阻が落ち着きましたら、できるお仕事だけはやらせてください」

「……それくらいなら……だが決して無理をするのではないぞ」

「わかっております」

私は恐る恐る彼女の腹に手を触れてみる。

まだ平たいそこには、既に新たな命が宿っているのだ。

「ふふ、まだ何もわかりませんわよ」

「わかっている。だがここに私たちの子がいるのだと思うと……」

――だめだ。再び涙腺が……。

「まさかまた泣くのですか？　しっかりしてくださいませ、お父様」

「その呼び方にはまだ慣れないな……恥ずかしくなってしまう」

私は照れ隠しのようにセレーナの額に口付けた。

ふわりと香るいつもの彼女の香りに心が満たされる。

「私は幸せ者だ。時々幸せすぎて、怖くなる」

「あなたはこれまでにたくさんの苦労をしてきたでしょう？　その分たくさん幸せにならなくては」

セレーナは微笑みながらそう言う。

彼女と出会えたことは、私の人生の中で最高の贈り物だ。

ここ最近感じていた不安や恐怖が一気に消え去り、私はその晩、久しぶりに穏やかな気持ちで眠りにつくことができたのである。


セレーナの悪阻は比較的重い方であったが、彼女の実家のアストリア侯爵家の支えもあり無事に妊

娠期間を過ごすことができた。

唯一の娘であるセレーナを殊《こと》の外《ほか》可愛がっているらしい侯爵夫妻の心配ようは、すさまじい。

セレーナ一人ではとても食べきれないほどの果物や菓子が毎日のように送られてくる。

そしてもちろん生まれてくる子の絵本やおもちゃもどっさりと。

ちなみにその点は前公爵夫妻である父母も同じらしい。

セレーナの体調を案ずる手紙と、同じく大量の食べ物やおもちゃが毎日のように届けられた。

あれ以来、父や母とは付かず離れずの関係を保ってはいるものの、やはりお互いに気を遣い合ってしまう癖は抜けないようで。

セレーナと過ごす幸せな日々によってかつて愛に飢えていた心が満たされたおかげか、私の中で父と母に歩み寄りたいという気持ちが生まれ始めている。

以前の父のやり方は確かに間違っていた。

体調が回復してきたばかりの母がすぐに妹を妊娠する事態になってしまったこと、その間私のことを放っておいたことなど理解し難《がた》いことは未《いま》だに多々残っている。

しかし父は父なりに母を守ろうとしたのかもしれない。

日々お腹が大きくなり不自由が増えてきたセレーナを目の当たりにするにつれて、私は少しだけかつての父の思いもわかるようになっていた。

彼女に何かがあって、その存在を失ってしまうようなことになってしまったら。

一度でもそのような危機に瀕《ひん》したならば、私はそれ以降セレーナのそばから片時も離れることはないだろう。

恐らく父も似たような思いを抱《いだ》いていたのかもしれない。

そんな私の心情の変化を、セレーナはそっと近くで見守ってくれている。

「焦《あせ》らずに、ゆっくり進んでいきましょう」

これが彼女の口癖だ。

慌ててすぐに結果を求めたがる私のことを、彼女はいつも正しい方向へと導いてくれる。

そんな彼女を、今度は私が支えていかなければならない。


「改めて見ると、随分大きくなったな。もうすぐにでも生まれてしまいそうだ」

「まだ早いですわ。今生まれたら困ってしまいます」

セレーナはそう言って笑った。

「君の身体がその重さに耐えられるのかが心配だ……体調は大丈夫なのか？」

私は自室でお茶を飲んでいたセレーナの元を訪ねると、後ろから彼女を優しく抱き締める。

折れてしまいそうなほど華奢《きゃしゃ》な身体が愛おしい。

そして彼女はそんな私の腕に、そっと手を重ねた。

「お仕事は？」

「もう今日は終わらせた。君の出産に備えて全体的に仕事を減らすことにしたんだ。トーランドの領地の仕事は他《ほか》の者に助けてもらっているからな」

「大丈夫なのですか？　こちらのお仕事はまだしも、王太子殿下はあなたがいないと困っていらっしゃるかも」

「そんなことは私の知ったことではない。あのお方ももうすぐ国王陛下となられるのだから、頑張ってもらわねば」

「あら、あなたは未来の宰相様なのでしょう？」

「宰相など……私は一度も引き受けるなどと言った覚えはない！」

クスクスと笑いながら、セレーナはソファの端の方へと移動する。

大きくなった腹ではその動作ですら大変そうだ。

「セレーナ、そのままで」

「一緒にお茶を飲んでいかれますか？　ちょうど今淹《い》れてもらったばかりなのです」

「ああ……そうだな。そうしよう」

私は彼女の隣に腰掛けた。

「……あの、相変わらず狭いですわ。暑苦しいというか、なんというか……」

「子どもが生まれたら夫婦二人の時間も少なくなってしまうだろう？　今は私だけの君を独《ひと》り占《じ》めし

たい」

「また子どもみたいなことを言って」

「何と言われても構わない。……膝《ひざ》に頭をのせても？」

「……どうぞご勝手に」

明らかに呆れたような視線を向けられたが、そんなことは気にせずに彼女の膝に頭をのせ、膝枕をしてもらう。

サラサラの長い黒髪が顔に触れて、なんともくすぐったい。

大きくなった腹をすぐそばに感じ、出産が目前まで迫っていることを思い知らされる。

「この体勢は苦しくはないか？」

「自分から膝枕をしてほしいと言っておきながら、そこは気にするのですね」

「もちろん。ただここは私だけの特等席だからな。死ぬまで誰《だれ》にも譲るわけにはいかない」

「まだ生まれてもいないのに、今から子どもに張り合う父親がどこにいるのですか」

「なあセレーナ。君は男と女、どちらが生まれてくると思う？」

私の突然の問いかけにセレーナは少しの間考えるような素振りを見せた後、こう告げた。

「女の子、のような気がしています」

「女の子か。それなら君によく似た黒髪を持つ可愛い子がいいな」

「一度目の初夜の時に、そんな会話をしましたね」

「……何度も言うが、あれは忘れてくれ」

セレーナはそれから思い出し笑いが止まらなくなったようで、目尻に浮かんだ涙を手で拭《ぬぐ》う。

笑いすぎて腹が痛くなったら……と一瞬心配になったが、その心配は無駄であったようだ。

「王太子殿下が、いずれ私たちの子を自分たちの子のいずれかと結婚させたいと言い始めた」

「……まさか、ご冗談でしょう？」

「あながち冗談でもないから、厄介《やっかい》なんだ……」

「王太子ご夫妻の間には王女様がお二人。それからエリーゼ様もつい先日三人目のお子様の懐妊がわかったばかりですものね」

あれからセレーナはエリーゼ様と親密になったようで。

彼女より少し年上のエリーゼ様のことを、姉のように慕っているらしい。

それはそれでいいことなのだが、私としてはセレーナと過ごす時間が減ってしまったようで少し悔しい。

「君の腹の子が女の子で、エリーゼ様の腹の子が男であったなら、その子を取られてしまう……」

まだ生まれてもいないのに、既に娘を嫁に出す父親のような気分になってしまい、無性に泣きたくなってきた。

「あなたのその想像力にはいつもお手上げです」

そんな私のことをセレーナは気にも留めずに、優雅な仕草でティーカップを口に運ぶ。

その姿がまるで女神のようで、私はつい見惚《みと》れてしまった。

妊娠がわかってからというもの、彼女の纏《まと》う雰囲気《ふんいき》がどこか変わったのだ。

これまでももちろん美しかったが、母となる幸せが彼女を包み込んでいるのだろうか。

「生まれてくる子は、金髪のような気がしているのです」

「えっ……」

「でも、あなたのその性格だけは似ていないことを祈ります」

「ひどい……」

「これ以上私の手を煩《わずら》わせないでください」

だが私はわかっている。

口ではそんなことを言いながらも、膝にのせた私の頭を優しく撫で続けてくれているということを。

「私はいい父親になれるだろうか」

幼少期に両親との関わりが少なかった自分が、生まれてくる子どもの父親としての役割を果たすことができるのだろうか。

「私だって、初めて母親になるのです。二人でゆっくり頑張っていきましょう」

「……ああ、そうだな」

私たちの間にはかつてないほど穏やかな時間が流れていた。

「セレーナは大丈夫なのだろうか、もう二日近く経《た》つというのに……」

やがて月が満ち、セレーナは出産の時を迎えた。

しかし初産ということもあってか、かなりの難産となってしまったのである。

陣痛が始まってからもう二日経つが、一向に子が生まれる気配はない。

ただただ衰弱していくセレーナの姿を見ると、気がおかしくなりそうになる。

「アンナ、セレーナに何かあったら私はどうすれば……」

「オスカー様、気を強くお持ちくださいませ。奥様も命懸けで頑張っておられるのです」

「だがあのように苦しんでいるではないか！　このままではどんどん弱っていってしまう……」

アンナを責めてもどうしようもないというのに、行き場のない感情をつい彼女にぶつけてしまう。

そんな私をアンナは黙って見つめているだけであった。

するとその時。

「オスカー！　お産が長引いていると聞きましたよ」

「公爵の仕事はしばらく私が代わりにおこなうから、お前は彼女についていてあげなさい」

いつ到着したのであろうか、両親の姿があった。

「父上、母上……」

「あなたがそんな顔でどうするの。一番不安になっているのはセレーナちゃんでしょう。あなたが支えてあげなければ」

母にしては珍しく、真剣な顔でそう告げられる。

「私たちはあなたの両親としては失格だったわ。でもあなたには同じ過ちは繰り返してほしくないの。私たちに言われてもと思うかもしれないけれど……。しっかり彼女のことを守ってあげなさい」

「母上……」

「マリーの言う通りだ。私のような愚かな男になるなよ……」

父は寂しげな表情を浮かべて頷《うなず》いた。

いつも私に対して厳格であった父のこのような表情を目の当たりにしたのはこれが初めてだ。

私は両親の助言に素直に従うことにした。

それから執務を全て父に任せ、私は彼女の部屋の前で待ち続けること数刻。

屋敷中に元気な赤ん坊の泣き声が響き渡った。ついに、私の子が生まれたのだ。

「セレーナ！」

私は勢いよく部屋の中へと入ろうとするが、アンナに制止されてしまう。

「お部屋に入るのは、産後の処置が終わってからにしてくださいませ」

「男か、女か!?」

「元気な女のお子様でございますよ。おめでとうございます、オスカー様」

そう告げるアンナの目には、光るものが。

「女の子、か……セレーナの予想通りだ」

さすがはセレーナだ、と私はつい笑ってしまった。


産声《うぶごえ》を耳にしてからどれくらい経ったであろうか。

アンナから部屋へ入る許可をもらい、私は恐る恐る足を踏み入れる。

部屋の中央に置かれた寝台へと近づけば、そこにはやり切ったように満足げな笑みを浮かべるセレーナの姿が。

そしてそんな彼女の隣には、真っ白な布で包まれた小さな我が子の姿があった。

顔をしかめながらもぞもぞと動くその子は、なんとも愛らしい。

「オスカー様。女の子でしたわ」

私の姿に気がついたセレーナは、ふんわりとした笑みを浮かべながらそう告げた。

「君の予想通りだったな。……本当にありがとう。身体は大丈夫なのか？」

「思ったよりも出産が長引いてしまったので体力が落ちてしまいましたが……時間が経つと共に良くなるとお医者様は言っておりました」

「そうか……実は父と母が先ほど屋敷に到着したんだ。執務を私の代わりに引き受けるから、その分君のそばについていているようにと」

「まあ、お義父《とう》様とお義母《かあ》様がそのようなことを……」

「たまには両親に甘えてみようと思う」

「それは私にとってもありがたいことですわ」

するとすやすやと眠っていた子が、ふにゃ……とか弱い声を上げた。

「抱いてみますか？」

「私が抱いて、壊れないだろうか……」

「そんなに脆《もろ》くありませんから。ほら、こうして首を支えて抱いてください」

セレーナに言われた通りに、恐る恐る子を抱き上げる。

初めて抱く我が子はとてもやわらかく、甘い匂いがした。

そして抱き上げた拍子に、子を包んでいた布がずれて金色の髪の毛が姿を現す。

「髪の毛も、やはり私の予想通り金髪でしたわ」

今は目を閉じているためよくわからないが、彼女曰《いわ》くダークブラウンの瞳《ひとみ》をしているらしい。

「見事に私と君の半分ずつを引き継いで生まれてきたのだな」

じっと見つめていると、何やら私の腕の中でもぞもぞと動き出し、そのまま笑ったのだ。

「……笑った……」

私の中で、この子が愛おしいという気持ちが大波となって押し寄せる。

我が子を持つことなど諦めていたあの頃の私の思いが、今ようやく報われたのだと感じた。

次第に鼻の奥がツンと痛み始め、視界がどんどんぼやけていく。

「オスカー様念願の黒髪ではありませんでしたけど、それでも我が子は可愛いものでしょう？

……ってオスカー様!? もう、またそんなに泣いて」

「髪の毛の色などもうどうでもいい。可愛い、可愛くて仕方がない」

堰《せき》を切ったかのように涙が溢《あふ》れる。

小さな娘を落としてしまわないように、私はその腕の力をそっと強めた。

永遠と嗚咽を漏らし続ける私に、セレーナは相変わらずの呆れ顔だ。

「いつまで泣き続けるのです。お父様になられたのでしょう？」

「今日だけは泣かせてくれ……。これからしっかりと父親としても公爵としても、夫としても精進するから……」

すると私の嗚咽に驚いたのか、娘が一瞬気怠《けだる》そうに目を開けて泣き出した。

「ああ、ほら！ 泣いてしまったではありませんか。せっかくいい子に眠っていたのに」

「本当だ。瞳は君とそっくりだ……」

「ちょっと！ 私の話を聞いていますか!? ……産後の疲れが倍増しそうですわね」

色々とセレーナが怒る声が聞こえているが、今だけはこの余韻に浸《ひた》っていたい。

なんて我が子は可愛いのだろう。

セレーナに続いてかけがえのない宝物が私の中で増えた瞬間だ。

ようこそ、私たち夫婦の元へ。


「見てあなた！　今笑ったのよ。こんな天使を授けてくれて、本当にありがとうねセレーナちゃん」

私とセレーナの娘はセレスティアと名付けられた。

なぜこの名に決めたのかというと……私がどうしてもセレーナの名を入れたかったからである。

輝くような金髪に、くりくりとしたダークブラウンの瞳。

そしてセレーナ譲りの天使のような顔立ちで、我が娘はあっという間にトーランド公爵家の人気者となった。

疎遠気味であった父と母は初めての孫が可愛くて仕方がないらしく、大量の土産《みやげ》と共に顔を出す頻度が増えた。

「オスカーの幼い頃によく似ている。これほど可愛い時期を私は無下にしてしまったのだな……」

「父上……」

父のその表情はどこか切なげで、以前の過ちを心から悔いているように見えた。

「……その分、今度はセレスティアを可愛がってやってください」

父はそんな私の発言に驚いたように顔を上げると、目尻に涙を滲ませながら何度も頷いた。

「オスカー様も、大人《おとな》になりましたね」

少し離れたところからその様子を見ていたセレーナが、そっと小声で話しかけてきた。

子どもを産んでますますその輝きを増した美しさに、私は毎日のように惚《ほ》れ直してしまう。

だが以前のように、つまらないことで嫉妬《しっと》を起こして彼女を振り回してしまうことは少なくなった。

なぜならセレーナは、いつまでも変わらぬ愛を捧《ささ》げてくれているから。

その包み込むような無償の愛は、私の心をいつも癒《いや》して安心を与えてくれる。

彼女は生きる支えであり、初めて生きていて良かったと思えたのは彼女と結婚できたからだ。

そして最愛の娘、セレスティア。

私はお前に持てるだけの愛情を注ぐと誓おう。

何があっても必ず私が守り抜いてみせる。

「なあセレーナ。エリーゼ様のところには男の子がお生まれになったらしい」

「まあ。待望のお世継ぎですね。おめでたいことですわ」

「私はセレスティアを王家の嫁に出す気はないからな」

「……呆れた。またそんなに先のことを。やはり先ほどの言葉は訂正させてください」

そう言って唇を尖らせたセレーナがどうしようもなく愛おしくて、私はそっと彼女を引き寄せ唇を重ねた。

「……!?」

突然の出来事に目を見開いて立ちすくむセレーナの耳元で、私は熱く囁いた。

「愛している」

しばらくの沈黙の後、顔を真っ赤にしたセレーナを目にして私は満足げに笑ったのであった。

あとがき

この度は『君のことを好きにはなれないと言われたので、白い結婚を続けて離縁を目指します』をお手に取っていただき、誠にありがとうございます。作者の桜百合と申します。

私にとってこちらの作品が初めての書籍化となりました。小説を書き始めた約一年前、まさか自分の作品が一冊の本になっているとは、想像もしておりませんでした。

いつかは自分で物語を書いてみたい……と思いつつも、なかなか重い腰が上げられずに読書に専念していた数年間。突然思い立ち、あれほど重かった腰を上げたかと思いきや、気づけば物凄い勢いで作品を書き上げていったことが懐かしいです。今では私にとって、創作活動はなくてはならない存在となっています。

さて前置きはこのあたりにいたしまして、ここからは本作について少し触れさせていただこうかと思います。

こちらの作品、タイトルからシリアスなお話をイメージされる方が多いかと思いますが、実はコメディ要素も多いです。オスカーは初夜で盛大に失言をしますが、実際彼には好きな女性もおらず、女性経験もありません。ただ失言してしまっただけなのです（取り返しのつかないレベルではありますが）。

オスカーは色々とポンコツ気味で、情けないところの多いヒーローではありますが、根は優しく真面目です。そして一度好きになった女性のことは生涯大切にします。もちろん浮気はしません。そんな男性なのです。

一方ヒロインのセレーナですが、完璧な美貌の侯爵令嬢でありながら、オスカーとはまた違った意味で不器用なツンデレです。きつい物言いでオスカーを追い詰めますが、彼の失言を思えば仕方のないことなのかもしれません……。ですが彼女も根は優しいので、そんなオスカーを放っておくことができずになんやかんやと世話を焼いてしまいます。

特に大きな事件などもなく、日常生活を通して二人の関係性が変わっていく物語ではありますが、その分彼ら二人の心情を表す場面を多く入れました。

頑なになっていたセレーナの気持ちがゆっくりほぐれていく瞬間、オスカーが少しずつ成長していく様子を見ていただけたかなと思います。

また番外編では、より二人の関係性が深くなっていく過程をお楽しみいただけていたら嬉しいです。

オスカーが幼少期に抱えた心の闇は、セレーナとの結婚生活によって徐々に薄れていきます。そしてセレーナのオスカーへの想いも、一層強いものへと変化しました。

さらに彼ら二人の間に娘のセレスティアが誕生したことで、その絆はより強固なものへとなっていくでしょう。娘の誕生により、オスカーは冷え切っていた両親との関係を一歩改善させることができました。孫の存在は、オスカーの両親が自分たちの行いを顧みるためのいいきっかけとなったはずです。きっとこれからもセレスティアを取り囲みながら、皆が共に過ごす時間が少しずつ増えていくことでしょう。

ちなみにオスカーの友人として登場した騎士団長サマンですが、彼は脇役でありながらオスカーを凌ぐほどの人気が出たキャラクターです。彼もきっと、運命の女性を見つけてくれることでしょう。

オスカー夫妻と未来のサマン夫妻が仲良くなってくれていたらいいな……なんてことを考えております。


さて作品についてはこのあたりといたしまして……。こちらの作品を出版するにあたりお世話になりました方々に、お礼の言葉をお伝えしたいと思います。

まずはＷＥＢ連載時に読んでくださり、温かい感想をくださった読者の皆様。当初